Jannys KOMBILA

ANDIA

(A la lumière du crépuscule)

Du même auteur :

1) <u>LA GRANDE PALABRE.</u> Editions EDILIVRE APARIS, Juin 2010. N° ISBN : 978-2-8121-3471-5 (Théâtre)

2) <u>ENCRE NOIRE ET PLUME BLANCHE.</u> Editions EDILIVRE APARIS, Juin 2010. N° ISBN : 978-2-8121-3547-7 (Poésie)

3<u>) Mon cœur et mes amours oniriques.</u> Août 2010, Editions EDILIVRE APARIS. N° ISBN : 978-2-8121-3721-1 (Nouvelles)

4) <u>TAM- TAM ET CHANT POETIQUE.</u> Août 2010, Editions EDILIVRE APARIS. N° ISBN : 978-2-8121-4100-3 (Poésie)

5) <u>RIMES D'ENFANT.</u> Août 2010, Editions BoD. N° ISBN : 978-2-8106-1960-3 (Poésie)

6)<u>EXALTATIONS ET LAMENTATIONS.</u> Septembre 2010, Editions BoD. N° ISBN : 978-2-8106-1904-7 (Poésie)

7) <u>A FLEUR DE TEMPS.</u> Septembre 2010, Editions Baudelaire. N° ISBN : 978-2-35508-600-7 (Poésie)

8) <u>UNE ETOILE DE PLUS.</u> « Serge ABESS ». Editions BoD, Juillet 2011. N° ISBN: 978-2-8106-1991-7 (Biographie)

9) <u>BLESSURE ET BRISURE DE VIE.</u> Juillet 2011, Editions BoD. N° ISBN : 978-2-8106-1359-5 (Poésie)

10) ECLATS LYRIQUES. Juillet 2011, Editions BoD. N° ISBN : 978-2-8106-2150-7 (Poésie)

11) LETTRES PARNASSIENNES.

Co auteur Rodrigue Makaya Makaya, Editions BoD, Janvier 2012. N° ISBN : 978-2-8106-2214-6 (Poésie).

12) LA LAGUNE PERDUE.

Editions BoD, Février 2012. N° ISBN : 978-2-8106-2454-6 (Poésie).

13) LA BRUNE DES GENIES.

Editions BoD, Mars 2012. N° ISBN : 978-2-8106-2476-8 (Roman).

14) EFFLUVE DE LYS ET MELANCOLIE.

Editions BoD, Juin 2012. N° ISBN: 978-2-8106-2422-5 (Poésie).

15) FLEURS DES IDYLLES FANEES.

Editions BoD, Août 2012. N° ISBN : 978- 2-8106-2546-8 (Poèmes épistolaires).

16) ADIEU MONDE.

Editions BoD, Novembre 2012. N° ISBN : 978- 2-8106- 2612-0 (Poésie).

17) L'ODE A L'AUBE.

Editions BoD, Juin 2013. N° ISBN 978-2-322-03113-9 (Poésie).

18) KIMIA (Les Rosées de sentiments). Editions BoD, Juin 2013. N° ISBN 978-2-322-03071-2 (Roman).

19) D'OMBRE ET D'UTOPIE.

Editions BoD, Octobre 2013. N° ISBN: 978-2-3220-3296-9 (Poésie).

20) NZILE. ( Le chemin)

Co auteure Annie- Flore Batchiellilys. La Doxa Editions, Mars 2015. N° ISBN : 978-2-9175-7647-2 (Récit)

21) LES PROMESSES DU TEMPS.

Editions BoD, Décembre 2015,

N° ISBN : 978-2-3220-4409-2. (Poésie)

# ANDIA

(A la lumière du crépuscule)

« Être femme, c'est serrer les dents à l'intérieur, s'accrocher un sourire sur le visage. C'est endurer chaque instant. Encaisser les coups du mari. »

Crépuscule du tourment (2016)<br>
Léonora Miano

Andia se remémorait des soirs aoûtiens, où les rayons de soleil dessinaient des toiles rutilantes qui transperçaient le ciel d'un ocre écarlate. Elle revoyait défiler en elle, tant d'images comme des fragments d'effluves exotiques. A chaque crépuscule enluminé, elle pensait candidement à Mbeng, son amour de jeunesse. Treize années s'étaient écoulées en constellation de nostalgie. Et l'espoir alangui avait eu raison de ses sentiments probes. Mais, le destin fortuit les réunit. Andia rêvait de nouveau, d'un amour pur et beau. Sans tourments, sans peine de cœur, sans félonies, sans terne lumière. L'espoir à ses sentiments revivifiés.
Allègrement, elle repeignait dans sa tête ses actes manqués, ses instants souhaités et désirés. Comme un âpre goût de remords, elle évoquait pensivement ses années de vie, de jeunesse prodiguée en ardeur d'émotions. Elle avait longtemps attendu ce moment. Où, elle pouvait à cœur ouvert exprimer ses émois emprisonnés. Elle voulait y croire. A cet amour renaissant, à ces rêveries pleines de passions et d'aspirations inénarrables.
Un matin de septembre, il avait suffi d'un regard partagé au sourire étreint et éméché pour faire naître des sentiments réciproques. Elle s'était toujours interrogée à cœur flagellé sur cette attirance édulcorée.

-Pourquoi avait-il gardé un si long mutisme ? Pourtant dans ses yeux, je lisais toutes les saisons d'amour. Je l'aimais fortement. D'un amour déraisonnable, comme une passion inconsolable. Journellement, je pensais à lui. A son allure de garçon charmant et soigné. Nous aurions pu vivre un amour sempiternel, semblable à ces idylles d'ailleurs où meurent heureux les amants inséparables.

Andia gardait ces instants précieux au fond d'elle, comme un merveilleux trésor. Tout en espérant un jour les vivre pleinement. C'était une jeune femme aimante et douce. Belle, séduisante, d'un brun foncé. Sa sensibilité laissait percevoir un élan de générosité et un caractère jovial. Un sourire angélique, des yeux noisette et un regard scintillant plein de tendresse. Elle reflétait la douceur comme si son être entier y était imprégné. Elle adorait sourire, d'un air innocent et ingénue. C'est à la fin de son troisième cycle en sociologie qu'elle rencontra Afane, son époux. Eminent professeur de philosophie à l'université Omar Bongo de Libreville. Afane était un homme grand et séduisant. Sa réputation d'homme charmant était connue de son entourage universitaire. Andia avait succombé à cet homme plus âgé qu'elle de deux décennies. Un an après leur union, ils eurent un enfant. L'arrivée de cet enfant avait procuré à Andia, beaucoup d'amour et de réconfort partagé. Elle lui portait une grande tendresse et une affection incomparable journellement.

Les années passèrent en saisons de mémoires comme les bourrasques de souvenirs.

Les vents de nostalgie annonçaient les pluies diurnes. Andia, voyait son angelot grandir et elle en était heureuse. Mais, au fil du temps, il y avait comme un vide qui l'habitait. Un manque indescriptible. Une vague de chagrin de jour en jour emplissait son cœur meurtri. La lassitude et la monotonie avaient gagné son foyer. Un mal être indicible la rongeait. Elle s'était renfermée et ne vivait plus que pour le bonheur de son enfant. Son époux, Afane avait été promu Recteur dans une université privée de Libreville. Et, cela laissait indifférente Andia. L'attitude volage et aisé de son époux, avait redéfini sa vision d'épouse. Il multipliait délibérément des infidélités sans remords. Andia ne supportait plus cet affront. Le caractère volage de son époux était connu de tous. Dans son entourage de travail, on le surnommait lovelace. Et, il s'en vantait avec fierté. Andia, était devenue la risée de ses amis et collègues. Elle s'en moquait. Malgré les railleries assidues de ses rivales. Elle prenait de la hauteur. Elle ne les exécrait pas. Elle pardonnait simplement à son époux, Afane. Son cœur n'était pas plein d'animosité car au fond d'elle, elle espérait pardonner pour guérir de ses châtiments d'amour.

Elle gardait en mémoire ses vœux de probité prononcés lors de leur nuit de noces. C'était un fait marquant de sa vie. Une alliance comme un pacte d'amour symbolique. Un nouveau départ, un dévouement en serment sempiternel. Le temps en souillure altérait ses sentiments probes. Andia, guérissait de ses meurtrissures. Même si, certains soirs à tout venant, elle sanglotait, chagrine, sans cesse comme une jeune fille blessée, perdue et esseulée. Caressant à chaque larme versée un châle en soie de Médine que lui avait offert Mbeng, son amoureux et amant. Ce foulard incarnait pour elle, à la fois l'amour sain et l'espérance. Elle y essuyait peines et grisailles. Dans ses nuits froides et mélancoliques, le désir de quitter son époux se faisait ressentir. Elle percevait un avenir heureux sans Afane. Elle souhaitait dans un premier temps un retour auprès des siens, dans la maison familiale où elle avait vécu toute son enfance. Elle en avait déjà échangé quelques mots avec sa mère, sur l'idée de quitter son foyer et refaire sa vie. Mais, elle n'eut pas un retour favorable de sa mère et de sa sœur ainée. Elles l'en dissuadèrent et lui recommandèrent de ne pas quitter son époux et de préserver son foyer. Sa maman aimait lui rappeler les valeurs et les vertus que doit avoir une bonne épouse. Aussi, elle se plaisait à lui enseigner certaines sagesses africaines. Ces proverbes et citations, elle les connaissait tous au fil du temps. Elle se souvint de certains proverbes qu'elle gardait en

mémoire. En les écoutant, ils sonnaient en elle comme une rengaine saumâtre. « Quand on marche seul on va plus vite. Mais, quand on marche à deux on va plus loin ».
« Pour un mariage qui dure, il faut tomber amoureux plusieurs fois, mais toujours de la personne ».
Elle prit l'habitude de ne jamais montrer son désaccord. Elle acquiesçait simplement pour en être libérée. Andia, ne savait plus quoi faire, face à cette situation pesante. C'était une décision importante à prendre pour elle. Elle ne se retrouvait plus dans cette relation vulnérable. Partir était pour elle l'unique dénouement. Malgré cela, elle décida pour le bien de son fils, de rester. Cette résolution prise à contre cœur, l'emmena à ne plus partager la chambre conjugale. Las des infidélités de son homme, Andia s'était installée dans la chambre d'amis sans en informer Afane son époux. Elle reprit ainsi à entretenir une relation discrète à distance avec Mbeng son amoureux. Ils échangèrent de courtes confidences perpétuelles à chaque nuit tombée. Elle était heureuse et ses yeux s'illuminaient de bonheur jour après jour comme ceux d'une jeune fille énamourée. Ses peines de cœur et sa mine chagrine avaient laissé place à une auréole de jovialité. Sans, appréhension, Andia revivait l'amour comme à ses premières rencontres amoureuses où soufflait un vent de passion.

Elle écoutait désormais la musique de son cœur qui apaisait ses émotions.

Mais, au fond d'elle, il y avait cette voix inaudible récurrente qui lui rappelait cet amour à la fois utopique et interdit. Mais ne dit-on pas que :

« Le cœur a ses raisons et connaît par cœur les méandres de ses blessures de même que ses meilleurs moments ». Alors son cœur avait choisi Mbeng, son amour de jeunesse. C'était un jeune homme affriolant. Le regard traversant. Un minois d'angelot qui ne laissait pas présager son âge. Le temps n'avait pas d'effet sur lui. Après son parcours d'études en histoire de l'art africain, à Libreville, Mbeng avait obtenu une bourse d'étude pour Paris en France. Il poursuivait un troisième cycle en Philosophie de l'art. Il vivait pleinement sa passion. Il y trouvait un apaisement considérable et accompli.

Le célibat l'avait renfermé, il sortait peu et ne participait jamais aux soirées mondaines. C'était un poète dans l'âme. Il consacrait ses journées entières à ses études, à la recherche, dans le domaine de l'art et l'anthropologie. C'est un projet commun qui les avait de nouveau réunis. Un projet autour des arts primitifs africains, particulièrement sur les masques Gabonais. Il en avait fait son thème de prédilection. Ses travaux furent plusieurs fois primés. Son engagement à la sauvegarde du patrimoine matériel et immatériel de son pays lui valut aussi une distinction vénérable.

« Il y a des gens que l'on peut attendre toute sa vie. »

BESSORA

Andia avait toujours espéré le revoir un jour.
La distance bien que pesante n'était pas un frein à leur amour. Elle cultivait chaque pensée de lui pour laisser germer en elle des fleurs d'espérance. Elle voulait y croire, à cet amour renaissant comme un signe de destin. Elle se donnait la force et le courage de braver les tourments et les frayeurs de sa vie. Son quotidien ressemblait à un récital sans fin de troubles et d'exacerbation. Elle voulait une vie toute simple pleine d'amour. Sans griefs, sans conflits. Se réveiller chaque matin avec le même parfum émotionnel de l'amour vrai. Celui qui illuminera à jamais son cœur.
Andia enseignait le français au collège, après ses études de lettres. Passionnée de poésie et d'arts, c'était une enseignante entreprenante et persévérante. Auprès de ses élèves, elle faisait l'unanimité. Elle était bienveillante et toujours à l'écoute de tous. A la fois estimée et méjugée à cause de son jeune âge et son franc- parler. Le poste de censeur lui avait été proposé pour son acharnement au travail. Mais, elle déclina l'offre, car en contrepartie, elle devait accepter les avances d'un haut fonctionnaire de son ministère de tutelle. Ce genre de proposition indécente était connue dans ledit ministère. Des femmes désireuses d'avoir un statut plus important, n'hésitaient pas à se donner à tout venant. Ce refus catégorique lui valût des représailles auprès

de son chef hiérarchique. Elle comprit que c'était un ami du haut fonctionnaire. Andia demeurait imperturbable, nonobstant les représailles. Elle ne craignait rien en termes de différends avec son chef condescendant.
Elle était prête à dénoncer ces agissements courants. Quelques temps après cet incident fâcheux, l'entente était revenue au bon fixe entre elle et son chef. Andia s'en réjouissait. C'était un combat de gagner pour elle, se dit-elle. Mais, elle restait tout de même méfiante et prévoyante. Elle voulut au fil du temps créer une ligue de lutte contre le harcèlement sexuel au travail fait aux femmes. Mais, elle y renonça très vite. C'était un projet qu'elle trouvait louable, elle devait y consacrer beaucoup de son temps. Et du temps, elle n'en avait pas, alors elle y renonça. Andia aimait avoir du temps pour elle. Cela lui permettait d'être présente pour son fils. Le voir se fleurir, grandir en euphonie d'amour.
Un soir, en rentrant chez elle, elle vit une femme élancée au teint mâtiné sortir de son habitat. Prestement, elle descendit de son véhicule. Interpella la dame empressée qui arrêta un taxi promptement et s'en alla. Interloquée, Andia resta immobile un long moment. Elle s'interrogeait sur cette étrange femme qu'elle vit sortir de son domicile. Elle entra, trouva son époux assis sur le canapé les yeux rivés vers l'écran de télé. Elle scruta autour d'elle avec perplexité, puis posa son sac à main et les clés de voiture sur la console

d'entrée. Elle salua son époux d'un air importun.

-Bonjour chéri !
-Bonjour ma douce épouse ! Je ne t'ai pas entendu rentrer. Comment était ta journée ?
-Bien ! Et la tienne ?
-Assez bien comme toujours.

Andia, d'un air austère le dévisagea puis l'interpela d'une voix flegmatique.

-Qui était-ce, la jeune dame qui sortait de notre domicile ?
-Aucune importance !
-Comment ça aucune importance ! C'est mon droit de savoir qui sort de chez moi et en plus à cette heure du soir.
-N'insiste pas, c'est sans importance, je t'ai dit.

Un long silence glacial s'installa après leur échange vif.
Andia soupira, puis regarda son fils avec tendresse et amour. Elle lui recommanda de ranger ses affaires soigneusement dans sa chambre. Ce dernier, sagement regagna sa chambre en embrassant sa maman. Andia eut un pincement au cœur en étreignant son fils dans ses bras. Elle rejoignit sa chambre l'air chagriné.

Ce soir- là, elle voulut être toute seule. Elle ressassait de vieux souvenirs enfouis en elle comme des bourrasques de tourments.

Elle semblait fragilisée, le cœur en sanglots. Elle n'eut pas la force cette nuit de coucher son fils, car elle ne souhaitait pas qu'il la voit éplorée, les yeux immergés de larmes. Une vague de mélancolie remplissait son cœur. A cet instant, elle pensa fortement à son amant Mbeng. Elle espérait évacuer son chagrin en échangeant avec lui de courtes confidences. Mais, elle se ressaisit. Se disant au fond d'elle qu'il valait mieux moins l'écrire souvent, pour moins penser à lui. Cette philosophie, elle se l'accordait. La distance lui était insoutenable parfois. Alors, comme apaisement, seuls lui suffisaient des échanges périodiques. Elle n'en demandait pas plus. Même si, en silence, elle souffrait de cette absence.

Minuit sonna comme une trêve d'émois. Sur son lit, couchée, Andia rédigea quelques notes sur les pages moites de son journal. Puis, s'endormit bercée par la musique inaccessible de ses pensées. Au dehors, le vent soufflait à la nuit ses confidences frisquettes. Des cris caverneux déchiraient le silence des mystères nocturnes. La cité de Kalikak était un lieu résidentiel à la fois de bourgeois élitistes et de petites gens. Mais,

c'était aussi, un quartier qui présentait une autre facette, à la nuit tombée. Près des accotements de routes délabrées, on y voyait de belles voitures de toutes sortes. Elles étaient stationnées non loin d'un gîte sans inscription. C'était un lieu de débauche, un hôtel distinctif, où l'alcool, le sexe et les drogues dures coulaient à flot.
Andia connaissait bien cet endroit. C'était le refuge de certains hommes mariés et son époux Afane était un habitué. Pour cela, elle le détestait et n'aimait pas cet hôtel, qui ne faisait pas la fierté de la cité. Le voisinage l'avait baptisé la maison des plaisirs vaniteux. A cause de tout ce qui se disait sur ce lieu de luxure, elle désirait fortement déménager. Mais, les cités paisibles et salubres étaient très recherchées dans cette cocagne à ciel ouvert, où insécurité et misère se côtoyaient.
Tard dans la nuit perfide, un bruit sourd se fit entendre, dans la maison. Andia, le discerna instinctivement. Elle tressaillit sur son lit et resta éveillée. La porte de sa chambre s'ouvrit. Une ombre apparente se mouvait dans la pièce brune. Prise d'effroi et d'anxiété, elle cria et alluma sa lampe de chevet. A sa grande stupéfaction et médusée, elle vit son époux Afane, debout, face à elle, complètement dévêtu, une ceinture enroulée dans ses mains. Elle ne comprit pas sur le coup ce qu'il se passait. Puis reprenant son souffle, elle s'interrogea sur l'attitude insolite de son époux. Elle lui demanda l'objet de sa

présence au milieu de la nuit, totalement découvert. Sans explication, il s'allongea près d'elle, la garrotta avec sa ceinture et ôta ses vêtements. Andia effrayée se débattit en vain. Elle cria et à ce moment, Afane lui donna un violent coup sur la tête qui lui fit perdre connaissance. Insouciant, le regard excité, il lui retira entièrement ses vêtements et dans un geste ignominieux assouvît son attrait. Quelques minutes après, Andia assommée, chancelante, se releva. Toute maculée, elle regarda penaude son corps marqué et toucha avec peine les ecchymoses sur son cou. Elle sanglota en sourdine à chaudes larmes.

« Être féministe veut dire que vous êtes ingouvernable donc non épousable. Malédiction suprême dans un contexte où les mariages ostentatoires vous rappellent qu'il faut faire vite sinon vous allez rater le train de l'accompoissement pour n'être alors qu'une femme à demi. »

                                  F. Z. ODOME ANGONE

Le lendemain matin, de bonheur, Andia se leva. Elle accompagna son fils à l'école. Puis, se rendit d'abord chez son médecin avant de rendre visite à sa mère. Elle posa trois jours de congés. Andia était bouleversée, chagrine et décontenancée. Elle hésita à se confier à sa mère qui, en la voyant arriver s'interrogeait. Elle lui demanda l'objet de sa visite inopinée de si bon matin. Elle regarda sa maman d'un air embarrassé et resta silencieuse. Sa mère comprit à ce moment qu'elle souhaitait lui faire une confidence sans trop vouloir se dévoiler. Avec sagesse, elle n'insista pas. Andia avait pris le soin de cacher son corps couvert d'ecchymose. Elle portait une grande robe pourpre et un châle rosâtre. Ce matin-là, il n'y avait pas grand monde à la résidence familiale. Andia alla s'asseoir sur la grande terrasse. Sa mère vit un signe d'ouverture à la discussion. Elle s'approcha de sa fille qui soupira longuement. Elle lui tendit un bol de purée de manioc à l'arachide. Andia, esquissa un large sourire et remercia sa mère.

-Tu sais combien j'aime la purée de manioc à l'arachide, rien ne me fait aussi plaisir. Merci maman.
-Je sais surtout que tu en raffolais très jeune et que tu refusais toujours de partager ton bol avec tes sœurs.
-C'est vrai, je m'en souviens comme si c'était hier. Il y a des jours, où, j'aimerais redevenir

enfant. Car, à cet âge, on n'a ni problèmes, ni obligations maritales. Mère, pourquoi est-ce si difficile et compliqué le mariage ? Je ne me reconnais plus dans cet engagement. Que de promesses déloyales et un bonheur utopique. J'ai parfois l'impression d'être étrangère à ma propre vie. Je ne reconnais plus l'homme que j'ai épousé. Je ne reconnais plus le foyer que j'ai bâti. Après toutes ces années passées, j'ai espéré le voir différent. Le temps a défraichi mon amour pour lui. Il me bat encore et mon corps aujourd'hui ne supporte plus les sévices de sa cruauté. Que faire mère ? Je souffre profondément de cette union. Le meilleur, je l'ai longtemps attendu. Est-ce le pire mon éternel châtiment ?

Andia sans se retenir, laissa couler quelques larmes chagrines. Elle détourna son visage de sa mère émue par ses confidences touchantes. D'un geste maternel, elle prit sa fille dans ses bras et la réconforta.

-Jamais, je ne laisserai quiconque faire du mal à mes enfants. « On doit respecter le mariage tant qu'il n'est pas un purgatoire, et le dissoudre s'il devient un enfer ». Tu as mon soutien indéfectible. Sache qu'il n'y a pas d'échec dans la vie. « L'échec existe au travers de la valeur qu'on lui donne. Donne-toi le droit de tomber, de faire des apprentissages, d'être imparfaite et de vivre les expériences que la vie t'offre pour grandir ». Ne te laisse pas abattre, sois forte pour combattre le mal dans sa chair faible. Tu es encore une belle femme à la fleur de l'âge.

-Merci, mère pour ce réconfort. Tes paroles sont comme une douce chanson apaisante. Je vais me reconstruire et aller de l'avant. Je ne dois plus m'apitoyer sur mon sort. Je sais d'où je viens. Et, je sais ce que je veux pour mon bonheur.

Andia voulait laver à présent cette tristesse qui l'habitait. Chasser les images obscures qui définissaient son quotidien. Les souvenirs moroses laissaient place aux visions de désir. Ces scènes effroyables où son mari la battait, tout en abusant d'elle. Sa mémoire avec écœurement les vomissait. Elle repensait à ce qu'elle avait toujours entendu autour d'elle sur le mariage. Pour certains, le mariage est une merveilleuse institution qui sert à partager à deux les problèmes qu'on n'aurait jamais eus, si on était resté seul. Mais, Andia n'était pas de cet avis. Elle le voyait comme une prison dorée. Elle voulait décider de sa vie à présent. « L'amour ne connait aucune barrière. Il saute les obstacles, les clôtures. Pénètre les murs pour arriver à un chemin plein d'espoir ». Elle se reconnaissait dans cette philosophie existentielle. Elle se voulait forte, pour affronter les jours à venir. Et pour cela, elle avait un soutien indéniable, sa mère.

Les jours passèrent en note de monotonie. Il régnait un climat de froideur et de grisaille. Andia gardait un mutisme qui en disait long. Elle ne souhaitait plus communiquer avec Afane son époux. Et cela dura des semaines entières. Las et harassé, ce dernier décida de prendre quelques jours de congés. Il simula une urgence au village de ses parents. Et, informa Andia de son départ précipité dû à l'état de santé très inquiétant d'un de ses proches parents au village. Afin de rendre plus crédible ses dires, il passa un coup de fil en présence d'Andia, à ses parents pour s'informer de l'évolution de l'état de santé de son oncle à l'agonie. Andia, anxieuse proposa à son époux de l'accompagner au village. Il déclina la proposition et la rassura qu'il eût déjà l'offre avenante d'un de ses amis. Andia resta suspicieuse et silencieuse. Afane se hâta de préparer ses affaires. Il rangea d'un geste discret sa valisette, sous le regard inquisiteur d'Andia qui s'interrogeait longuement sur ce départ inopiné. Une fois parti, elle s'empressa de joindre ses beaux- parents. A sa grande surprise, ces derniers n'étaient pas joignables.

Néanmoins, le départ de son époux était pour elle plutôt bénéfique. Elle pouvait ainsi, jouir d'une certaine liberté. Profiter de son absence pour se faire plaisir et vaquer à ses passions.

Elle voulut dans un premier temps se rendre chez sa mère pour un petit séjour en famille avec son fils. Sa dernière visite lui avait fait un grand bien. Et lui avait apporté bien-être et paix du cœur. Mais, elle reçut le coup de fil de son chef. Il la sollicitait pour un travail de dernière minute qui nécessitait son expertise et sa présence. Andia, aimait son activité. Elle était à la fois complaisante et travailleuse. Cet acharnement au travail lui permettait de se vider l'esprit. D'oublier les péripéties de sa vie de couple. Et espérer de propices lendemains.

Quelques jours s'écoulèrent après le départ d'Afane au village. Andia, inquiète était sans nouvelle de lui. N'ayant pas pu joindre ses beaux- parents les précédents jours, Andia s'interrogeait encore sur ce voyage hâtif. Mais, Afane n'était pas à son premier coup d'escapade sans nouvelles. Elle ne voyait pas ainsi, l'utilité de s'en inquiéter. Elle prit tout de même quelques jours de repos et pour avoir le cœur net, décida de se rendre au village de ses beaux- parents. Cela faisait plusieurs années qu'elle n'y avait pas remis les pieds. Elle qui avait un lien particulier avec l'univers rural, regrettait souvent la vie citadine. Elle repensait à l'air pur du village, les paysages admirables sur la route, les grands arbres magistraux et les chants guillerets d'oiseaux au petit matin de saison de pluie. Tout cela lui procurait bonheur et quiétude. Elle déposa pour l'occasion son fils chez sa maman. Elle voulait s'accorder une petite échappée paisible. Malgré, le climat de mésentente qui régnait entre les deux familles, depuis les réjouissances de leur mariage, Andia n'avait pas d'appréhension à l'égard de sa belle-famille. Le père d'Andia n'était pas favorable à cette union et redoutait l'alliance du clan d'Afane et celui d'Andia. Le mariage coutumier ainsi n'eut pas lieu. Ils décidèrent toutefois, contre l'accord de leurs parents respectifs, de se marier à l'état civil. Sans bénédiction nuptiale, Andia gardait un goût amer de ces différends familiaux. Cette relation était la cause de la séparation de son père et de sa mère. Cette dernière avait plutôt consenti à cette union interdite. Comme toute mère, elle voulait voir sa fille mariée et heureuse dans son foyer. Le père d'Andia se voulait protecteur et défenseur des us et coutumes. Ce mariage pour lui, était une offense aux mœurs. Andia avait beaucoup souffert de ce conflit familial. Mais, tout cela pour elle appartenait désormais au passé.

Elle se décida résolument à prendre la route pour le village de ses beaux- parents. Elle rangea dans un sac quelques affaires à elle. Vérifia que tout était bien ordonné dans les pièces de la maison. Elle avait pris soin d'apporter de grandes marmites pour sa belle-mère et du vin occidental pour son beau-père. Elle regarda l'heure à sa montre attachée au poignet.

-J'ai pour trois bonnes heures de route, avant que la nuit ne me trouve en chemin.

Andia, prit son téléphone et tenta à nouveau de joindre ses beaux- parents, mais sans suite. Elle écrivit à son amant Mbeng, lui informa de son indisponibilité durant son petit séjour. Toute prête, elle prit enfin la route. Longue, elle s'annonçait pour Andia qui regardait sa montre tout en conduisant.

Elle se demandait si cela valait la peine de faire ce voyage, contre les violences pâties.

Andia voulait rompre. Sans controverse ni situation conflictuelle. Craintive et apeurée, elle attendait le moment propice et parfait.
Afane n'était plus sans doute l'homme de sa vie. Elle ne retrouvait plus en lui les qualités qui étaient les siennes. Le caractère volage et agressif définissait désormais sa nature vraie. Elle, avait toujours gardé sa docilité, son élan de tendresse, sa gentillesse et sa franchise. Andia désirait toujours préserver l'harmonie de son foyer malgré les vicissitudes de la vie.
Mais, sauver les apparences avait un prix. Celui de la souffrance émotionnelle. Porter le poids des trahisons, des tromperies, des humiliations et des sévices quotidiens. Une sagesse africaine dit que : « Être marié est signe de stabilité et de réussite sociale ». Mais à quelle fin ? S'interrogeait Andia. Elle ne voulait plus y penser. Elle cherchait à faire le vide dans sa tête. Ses tourments perpétuels se répercutaient dans son univers de travail. Elle ne souhaitait pas tout perdre, surtout son activité professionnelle qui lui apportait force et assurance.

« Si j'ai eu des passions, dans ma vie, ce n'aura été que pour l'amour, le langage et la liberté. »

Janis OTSIEMI

Le soleil dans sa course lente s'éclipsait du ciel. Peignant derrière les nuages enluminés des petites ombres de fumées safranées.
Andia redoutait un peu l'état de la route qui menait au village de ses beaux- parents. Elle conduisait avec beaucoup de prudence et de vigilance. Contemplant la nature luxuriante, les paysages sauvages qui bordaient la voie. Elle saluait gaiement les riverains marchands qui lui tendaient de la viande de brousse, des bananes plantains et certains produits bon marché. Andia avait parcouru déjà plusieurs kilomètres de route. Elle sentait la fatigue gagner ses jambes. La journée perdait un peu de sa virilité. La brunante soufflait des airs de nostalgies. Après quelques heures de route sans répit, elle arriva enfin à destination. Elle aperçut au loin le village qui s'étendait le long des grands arbres de la forêt. Sa voiture était recouverte de poussière entièrement. Elle vit accourir vers elle une cohorte d'enfants les pieds dans les cendres de la terre, tous ravis. Elle retrouva la cordialité du village et l'odeur de la braise fumante. Elle était simplement heureuse. Souriante, elle se laissait emmener par la petite bande d'enfants enjoués. Tout en chantonnant, ils avançaient autour d'elle vers la grande place du village. Il y avait du monde réuni devant le corps de garde. Elle entendit au loin des cris de femmes puis des chants d'allégresse comme ceux chantés lors des cérémonies de réjouissances. Andia pensa à une cérémonie rituelle de circoncision. Ne souhaitant pas

une cérémonie de rite funèbre. Elle se rapprocha du corps de garde anxieuse. Au moment où s'élevait le chœur de chant. Spontanément, elle eût un malaise. Elle sentit une vive douleur dans sa poitrine comme un picotement d'aiguille. Elle s'immobilisa, puis inspira longuement et reprit son souffle. Elle s'interrogea soucieuse sur ce malaise inopiné.

La foule l'empêchait de voir la cérémonie qui gagnait en allégresse. Les femmes chantaient à gorge déployée. Tandis que les hommes en rythme saccadé et pas de danse, accordés donnaient de la voix aux tamtams solennels. Andia réussit à se faufiler discrètement entre deux femmes âgées. Elle arriva près du corps de garde et s'écroula.

Quelques heures après s'être évanouie. Andia se réveilla flapie. Elle vit près d'elle sa belle-mère et certaines jeunes femmes du village. Tourmentée, elle les regardait avec surprise. Mâ Kana, sa belle- mère s'adressa à elle d'un ton soucieux.

-Comment te sens-tu ma fille ?
-Mâ Kana, vous êtes-là, que s'est-il passé ? J'ai de vives douleurs à la poitrine et mal à la tête comme si j'avais reçu un grand coup de bâton.
-Tu t'es évanoui mon enfant, sur la grande place du village.
-Oui, en effet, j'ai vaguement le souvenir de m'être évanoui soudainement. Et, était-ce une cérémonie de mariage coutumier au corps de garde ? J'ai cru apercevoir Afane. Était-ce lui le marié, tenant un chasse mouche à la main ? C'était sans doute une illusion liée à la fatigue du voyage. J'ai conduit sans repos tout le long du trajet.

Sa belle-mère embarrassée ne savait pas quoi lui répondre. Elle la regarda et sans ambiguïté lui avoua toute confuse que ce n'était pas une illusion.

-Ma Fille, nous pensons en effet que le long voyage que tu as fait sans repos est la cause de ce malaise. En revanche, ce que tu as vu au corps de garde n'était pas une illusion. C'était bien une cérémonie de mariage coutumier. Et je vois que ton époux ne t'a pas informé de son désir de prendre une seconde épouse. La première célébration a eu lieu hier, celle des pourparlers et la remise de la dote ce jour qui marquait la fin de la cérémonie du mariage coutumier.

Andia tomba des nues. Elle n'en revenait pas et resta silencieuse. Interpellée par sa belle-mère, elle ne sut quoi répondre. Elle demeura figée et taciturne. Puis, demanda à être toute seule un moment. Mâ Kana se retira, ainsi que les femmes présentes. Andia attristée sanglotait. Elle repensait à sa jeunesse, à ses instants de bonheur inoubliable. Elle pleurait sans essuyer son chagrin. Elle honnissait son existence. Andia recherchait au fond d'elle quelques bruines d'espérance pour apaiser la morosité qui l'habitait. Elle haïssait Afane et maudissait le jour de leur mariage. Elle revoyait son grand sourire rassurant et son regard plein d'amour et de tendresse. Pour toute cette douleur, elle le détestait plus que tout et vomissait toutes les horreurs pâties. Elle en voulait à la vie. Elle en voulait à ses beaux- parents qui s'étaient faits complices de cet affront.
La nuit s'installa doucement comme une convive indésirable, couvrant la place du village d'un clair-obscur insolite. Au dehors, s'entendaient les cris de femmes enjouées et les tamtams tonnés en cadence. Il ne restait plus grand monde. Le corps de garde avait laissé place à des villageois noceurs enivrés qui bavardaient et chantonnaient autour du

feu. Afane s'était fait discret et presque absent toute la soirée. Il avait pris congé de tous et s'était installé avec sa nouvelle épouse dans une maison du village proche de celle de ses parents. Il n'avait pas souhaité voir Andia après son malaise. Il prit tout de même des nouvelles d'elle auprès de sa mère. Afane redoutait la colère de sa première femme, même si fièrement il arborait une posture sereine devant ses proches et sa nouvelle épouse.

Andia, rassérénait son cœur brisé. Elle se leva après de longues heures de repos. La nuit chantait un air de grisaille et de frayeur. Le silence nocturne était semblable aux bruits sourds et caverneux des spectres errants.

Andia s'avançait seule vers la pièce principale de la maison et vit Mâ Kana, sa belle- mère assise qui l'aperçut et l'invita à la rejoindre. Elle frissonna et se mit près de la lampe tempête qui éclairait et réchauffait la pièce. Mâ kana tendit à Andia un plat de nourriture et la supplia de manger.

-Il te faut reprendre des forces, ma fille. Alors, je t'en prie, mange un peu. Les nuits du village sont longues et tapageuses en pareille saison.

Andia, sagement écouta sa belle- mère, elle prit place à ses côtés et la remercia l'air gêné. Elle n'avait pas prêté attention à la personne assise dans le fond de la pièce restée dans l'obscurité. Elle prit peur à la vue de cette étrange ombre qui semblait inaudible et presque immobile. Mâ Kana la rassura et l'invita à saluer cette personne.

-Je te présente Mâ Kani, ma sœur jumelle. Tu n'as jamais eu l'occasion de la rencontrer.

Andia, avait toujours entendu parler de Mâ Kani, la sœur jumelle de sa belle- mère. Son époux disait qu'elle vivait toute seule, dans une forêt interdite. Elle pratiquait le culte des génies damnés qui peuplaient la grande forêt. Il était très rare de la rencontrer en journée, elle apparaissait toujours au crépuscule, les jours de pleine lune. Andia, s'avança vers elle avec beaucoup d'appréhension. Timidement, elle lui tendit la main et s'aperçut qu'elle était aveugle. Gênée, elle s'excusa.

-Veuillez excuser ma maladresse Mâ Kani, je suis toute confuse.
-Ne sois pas intimidée ma fille. Et, je sais bien que tu ignorais que j'étais non-voyante. Tu es Andia, héritière du village d'Opweng. Fille des montagnes sacrées. Je me réjouis de faire ta connaissance.
-Je suis ravie de vous rencontrer aussi. Mon époux, Afane parle très peu de sa famille et n'évoque jamais son enfance passée ici, dans ce village qui l'a vu naître.

Mâ Kani ressentait le trouble perceptible de la jeune fille. Elle posa ses mains sur son visage craintif. Elle découvrait l'apparence d'Andia par le toucher progressif.

-Tu es une très belle femme ma fille. Et tu as bon cœur. Mais, je sens en toi beaucoup de tristesse et ton cœur est plein de chagrin émotionnel. Tu souffres profondément et tes pensées sont sans repos. Sèche les larmes qui inondent le puits de ton cœur.

Elle demanda ensuite à Andia de lui tendre la main droite. Elle le fit sans trop d'ambiguïté. Il y avait en elle et dans ses gestes une grande pureté. Sa voix était comme la douceur du ruissèlement d'une rivière. Andia se sentait en confiance. Et se prit d'admiration pour elle sans l'expliquer. Elle dégageait quelque chose de déstabilisant et d'apaisant. Au contact de ses doigts, Andia était comme revigorée et sereine. Elle semblait être vidée de toute angoisse, de toute lourdeur émotionnelle. Elle se demandait comment cela était possible. Quelques heures avant, son cœur brisé était plein d'animosité, de colère et de tristesse. Mâ Kani s'adressa à Andia. Elle retraça sa généalogie, de même lui révéla ses secrets les plus insolites. Andia resta médusée et abasourdie. Elle la regardait émotionnée et pleine de fascination indicible.

La nuit soufflait au vent biscornu et frisquet ses confidences impénétrables. Les bruits de tamtams avaient laissé place aux ululements des chouettes.
Andia affectionnait le charme crépusculaire du village. Elle écoutait avec attention Mâ Kani qui lui portait des enseignements sur la vie. Sur la simplicité des choses. La portée symbolique des astres de la nuit. Au cours des mois précédents, Andia avait fait une fausse couche. Elle avait gardé secret ce malheur. Lorsque Mâ Kani lui révéla les causes de ce drame, elle fut étonnée. Elle avait le don de vision et pouvait lire en elle comme un livre ouvert. Andia s'interrogea ainsi sur ce don de voyance. Elle lui relata les faits comme si elle avait été présente.

-Tu n'étais pas en cause dans la perte de tes jumeaux, ma fille. Il fallait un certain nombre de prédispositions pour les accueillir dans ce monde. Et l'instabilité de ton foyer a été une des causes principales. Mais, aussi, la grande tristesse qui habite ton cœur. Sache que ton cœur était relié à eux comme les racines sont reliées au tronc d'un arbre. Ils portaient tes pleurs chaque soir et essuyaient ton chagrin chaque jour. Ils ne sont point partis à tout jamais. Ils sont entre le visible et l'invisible.

Andia avait du mal à comprendre le langage crypté de Mâ Kani. Elle était à la fois émotive et craintive. Elle redoutait que cette dernière lui révèle sa relation secrète avec son amant

Mbeng. A sa stupéfaction, la vieille dame la rassura et lui demanda d'apaiser son cœur. Elle ne pouvait le révéler car elle ne souhaitait pas grandir son malaise et son mal- être. Elle lui dit d'une voix presque inaudible :

-L'amour que tu portes à cet homme est la clé de ton bonheur. Fais- en bon usage, car :
« La clé de l'amour ouvre aussi les portes de la vie ». Ces paroles résonnaient en elle comme une ode à l'amour. Une invitation à la vie. Et surtout un espoir à son existence.

Andia se projetait à présent. Elle ne craignait plus de se dévoiler, de s'affirmer et surtout de s'affranchir de cette tristesse qui l'habitait au quotidien. Après ce long échange profitable. Andia se leva et prit congé des sœurs jumelles et d'un geste plein de gratitude s'inclina et les remercia.

-Merci pour ces précieux conseils qui m'ont été d'un apport considérable. Je repars riche d'enseignements et de sagesse. Je me réjouis de ce moment chaleureux. J'en garderai un souvenir précieux.

-Tu as bon cœur ma fille, va, et apaise ton sommeil. La nuit est ton ennemi que si tes yeux offensent ses mystères. Ne crains pas l'obscurité car même sans lumière tu peux sentir tes pas.

-Merci Mâ Kani, Merci pour tout Mâ Kana. Demain aux premières lueurs, je reprendrai la route pour la ville. Je vous garderai au quotidien dans mes prières. Dieu vous garde !
-Qu'il apaise ton cœur et te comble de gaieté, ma fille.

Andia alla se coucher avec une autre image de sa belle- mère Mâ Kana et de sa sœur jumelle Mâ Kani. Elle voyait beaucoup de sagesse en elles, malgré les médisances colportées.
Cette rencontre fortuite permit à Andia de s'interroger sur elle, sur ses desseins et sur la relation antérieure de ses parents. Sur leur choix de vie, leur malheur commun, les obstacles dont ils ont fait face. Et les chemins abandonnés. Elle ignorait pratiquement tout d'eux. Furent-ils heureux ? Ces questions sonnaient en elle comme une ritournelle.
Andia pensive, se remémorait de ses années d'enfance. Elle ressassait, l'âme chagrine, ses délicats instants amènes de bonheur autour de sa fratrie. Elle revoyait les saisons et les périodes marquantes vécues dans la grande maison familiale. Cette famille si chère à son cœur de jeune fille naguère, tant comblée.
Elle avait trois sœurs aînées et un frère. Elle se sentait plus proche de son frère avec qui elle avait beaucoup de complicité. Il était son protecteur. Ils reçurent de leurs parents une éducation irréprochable, fondée sur les principes d'éthiques traditionnelles. Leur

séparation avait été un choc émotionnel pour Andia et sa fratrie. Elle gardait espoir de les voir se remettre ensemble et finir leurs vieux jours heureux. Elle portait toujours en elle les stigmates de la douleur de la perte de ses sœurs jumelles. Et ce soir en observant Mâ Kana et Mâ Kani, elle eût un étrange trouble momentané. Il y avait comme une présence en double. Et entendit des voix caverneuses.

Cette nuit, Andia se coucha le cœur léger et rasséréné. Les larmes de douleur et les soirs de spleen appartenaient désormais au passé. Une nouvelle page de sa vie s'écrivait avec la brunante qui se pâmait tout doucement en concert de rapaces nocturnes.

« Parfois la nuit quand la lune est triste parce que les étoiles paresseusement refusent de briller, elle s'approche tout doucement. D'une voix claire, elle demande au hibou perché sur une branche de lui raconter une histoire. Alors, le hibou se met à jouer au conteur pour le plaisir de son amie la lune. »

Edna Merey APINDA

Le lendemain matin, le village s'éveillait aux chants harmonieux des coqs de la basse-cour. Les premiers rayons de soleil pochaient des ombres rutilantes dans la chambre où dormait Andia. Le ciel d'un bleu céleste annonçait le début de la grande saison des pluies. L'air frais du petit matin invitait les colibris à chanter gaiement et à virevolter sur les cimes des arbres fruitiers. Andia s'était levée à l'aube. Elle prit congé de ses beaux-parents et reçût la bénédiction pour le retour en ville, de son beau-père qu'elle n'avait pas rencontré la veille. Ils l'accompagnèrent tous et la remercièrent pour ses riches présents.
En chemin pour la ville, Andia trouva moins long le retour. Elle n'avait plus le poids des tourments quotidiens. Elle ne ressentait plus cette lourdeur d'âme qui l'habitait qu'elle exécrait. La lassitude avait laissé place à la béatitude. Elle s'ouvrait à la vie. Ses idées paraissaient plus claires. Elle reprit confiance en elle. Pendant qu'elle contemplait le soleil qui tissait ses bras dans toute la végétation luxuriante, son téléphone sonna. C'était son amant Mbeng. N'ayant pas eu des nouvelles d'elle les jours précédents, il voulait s'assurer qu'il ne s'était rien passé de malencontreux. Elle s'arrêta sur une aire de la nationale, près d'une clairière et discuta longuement avec lui. Elle lui expliqua brièvement ce qu'il s'était passé au village de ses beaux- parents. Et lui avoua qu'elle souhaitait demander le

divorce. Elle abrégea l'échange téléphonique et tout enjouée, l'air ravi, elle reprit la route.
Andia arriva aux portes de la grande ville. Elle s'arrêta dans un petit marché de la place. Prit quelques denrées, des légumes frais de saison et acheta du poisson. Sa mère appréciait la bonne carpe pêchée à l'aube. Elle termina ses petites courses et alla rendre visite à sa mère. Elle décida d'y passer la journée. Son fils qui avait passé le week-end auprès de sa grand-mère fut ravi de retrouver sa maman. Elle l'embrassa fortement à sa vue. Andia, voulait apprendre davantage sur ses parents. Leur expérience de la vie. Les mésaventures dont ils avaient fait face. Elle souhaitait se rapprocher de sa mère et renouer les liens avec sa fratrie. Elle relata à sa mère le drame vécu au village. Le mariage coutumier de son époux Afane qui avait décidé à son insu d'épouser une seconde femme. Sa mère s'indigna et informa le père d'Andia et ses oncles maternels. Elle conforta sa fille et l'incita à se séparer d'Afane. Elle lui demanda néanmoins ce qu'elle souhaitait faire après cet affront. Andia lui répondit qu'elle n'avait pas encore décidé quoi faire face à cette humiliation. Elle se donnait ainsi, quelques jours de réflexion pour définir la conduite appropriée.

-Tu sais que tu es la bienvenue à la maison familiale, si tu venais à divorcer. Il y a de la place pour mon petit-fils et toi. N'oublie pas d'appeler ton père et lui demander conseil.

Tu es encore une jeune femme. Tu peux refaire ta vie et trouver un homme qui t'aimera et te respectera. Le mariage n'est pas un gage de félicité. Pense à ton bonheur et au devenir de ton fils.
-J'y ai pensé mère. Je sais que je peux me confier à toi sans inquiétude. Tu as toujours été présente en toute circonstance. Et, je t'en remercie. Aujourd'hui, je reste confiante quant à l'avenir. Et, je n'ai plus peur de me définir, de construire mon avenir sans Afane. J'ai trop souffert, je veux gagner ma liberté. Pour lui, j'ai tout accepté, tout toléré, pour le bonheur de notre foyer. Mais, il ne m'a jamais véritablement aimé. Il s'est servi de moi et là c'est la goutte de trop.

Andia termina la journée auprès de sa mère. Elle prit beaucoup de plaisir à cuisiner avec elle. Elles évoquèrent ensemble de vieilles histoires de famille, en rigolant gaiement. Elle s'empressa aussi de vérifier certains faits relatés par Mâ Kani, la jumelle de sa belle-mère, qui lui avait retracé la généalogie de ses parents. Sa mère lui parla ainsi de son arrière grand- mère qu'elle ne connut pas. Du village de ses ancêtres, où elle avait grandi. Et sa rencontre avec son père. Elle évoquait tous ses souvenirs en laissant couler quelques larmes nostalgiques. En ce temps-là, la vie rurale offrait un mieux- être. Il y faisait bon vivre.
La vie paysanne était convoitée et appréciée. Au fil des années, la misère grandissante

s'était installée. Puis, vint la période d'exode rural. Les villages entiers désertés. Les plus jeunes en quête de travail et de meilleures conditions de vie n'hésitèrent pas à partir loin de leur terre. La société évolua et les héritages culturels et ancestraux disparurent. La ville avait tout pris. Hommes, femmes, enfants du monde rural.

Andia était très émue d'avoir ravivé tous ses souvenirs en elle. Ce moment de partage avec sa mère lui procura un grand bien. Elle ne vit pas le temps passé. Le crépuscule tombait subrepticement et s'annonçait orageux. Andia précautionneuse prit congé de sa mère et se hâta de rentrer chez elle avant les premières perles de pluie. Le vent soufflait déjà très fort et agitait le feuillage des grands arbres. La ville animée laissait place à un grand marché déserté. Les branchages se détachaient des vieux arbres qui bordaient les petites ruelles abandonnées. Andia pensive dans sa voiture, regardait avec effroi le vent violent qui ameutait détritus de plastique et poussières dans le ciel blafard. Les premières ondées tombaient avec vigueur et bougonnement de tonnerre. La nuit esseulée et chagrine veillait en spectatrice désabusée au déroulement du concert de la tempête tropicale.

Andia et son fils étaient rentrés sans péril sous l'orage qui résonnait au dehors. Elle le regardait s'endormir, exténué. Tendrement elle l'embrassa et referma la porte derrière elle. Andia, une fois dans sa chambre se mit à prier. Elle tenait dans ses mains un vieux chapelet qui lui venait de sa mère. C'était à ses yeux un présent inestimable. Elle l'avait depuis sa tendre enfance. Sa mère lui disait qu'elle provenait d'une religieuse, d'origine Brésilienne, Sœur Aparecida. Elle avait servi dans une paroisse du village où avait grandi sa mère. Elle était pieuse et pleine de bonté. Elle consacra toute sa vie au service de sa congrégation religieuse. Elle mourut dans son sacerdoce et fut enterrée près de la paroisse où elle avait servi pendant de longues années. Elle avait participé à l'édifice du dispensaire du village qui avait été rebaptisé de son nom. Sœur Aparecida eut au cours de sa vie de nombreuses visions et guérit beaucoup de malades. Son sépulcre pour certains chrétiens du village Mindzuk demeure toujours un lieu de pèlerinage.
Andia s'était assoupie en priant. Au dehors, on entendait crier quelques noctambules béats. La nuit pleurait, l'orage soufflait et le tonnerre grondait.

Le lendemain matin, le soleil avait repris ses rênes. Les pluies diluviennes de la veille avaient laissé place à une aube radieuse. Certains quartiers délaissés de la ville avaient subi de graves dégâts. On recensait d'amples inondations, des toitures de maisons envolées et de gros arbres arrachés par la force des vents violents. Tout était triste, malgré la clarté du jour qui apportait un peu de chaleur et de réconfort. On enregistrait aussi des disparitions et des décès d'enfants, emportés par les eaux limoneuses qui s'écoulaient le long des chenaux ouverts dans les Matitis ou quartiers pauvres de la capitale. Ici, on pleurait un proche disparu englouti par les décombres d'une vieille bâtisse. Là, on maudissait les gouvernants d'avoir délaissé les bas quartiers au profit de leur train de vie.

Le réveil fut dur pour certains et augurait déjà des lendemains difficiles.

Andia s'était levée avec le jour qui apportait son lot de surprise. Quelqu'un frappa à la porte ce matin-là. Elle s'interrogea sur cette visite inopinée. Elle s'avança délicatement près de la porte de l'entrée principale et entendit une voix de femme. Elle ouvrit la porte, une fois rassurée et vit une dame métissée. Cette silhouette élancée, belle, gracieuse et coiffée à l'européenne, lui rappelait confusément quelqu'un. Mais, elle semblait perdue dans ses souvenirs. Elle s'adressa à la dame d'un ton impassible.

-Bonjour madame, que puis-je faire pour vous ?
-Bonjour ! je suis désolé de vous déranger de si beau matin. Je souhaiterais m'entretenir avec vous.
-A quel sujet et qui êtes-vous ?

Andia, se souvint soudainement de cette silhouette. Elle repensa à la dame qu'elle avait aperçu à sa porte un soir en rentrant chez elle.

-Avant toute chose, veuillez m'excuser pour la dernière fois, où, je n'ai pas pu me présenter à vous.
-C'était vous alors ! Et qui êtes- vous ?
-Je suis la première épouse d'Afane.

Stupéfaite, Andia sourcilla et soupira. Elle regarda longuement la dame d'un air leurré.

-Comment ça, la première épouse de mon mari ? Je ne comprends rien à ce que vous dites !
-Puis-je entrer afin de mieux vous expliquer cette mésaventure ?
-Entrez, je vous en prie, tout cela me parait bien confus.
-je vous en remercie.

Andia était anxieuse. Elle l'invita à s'asseoir. Lui fit patienter un moment. Elle lui proposa une boisson chaude. L'orage de la veille avait apporté au petit matin une brise frisquette. Andia la contemplait prise d'enivrement. Elle était captivée par la beauté et l'allure soignée de cette femme. Ses yeux étaient d'un bleu céleste aussi beau qu'un ciel de printemps. Elle se tenait assise à l'anglaise, face à Andia. Une tasse de thé à la main. Elle soupira profusément, fixa Andia d'un air aimable et lui raconta son histoire.

-Afane et moi étions dans la même université à Brest en France. C'est là, où nous nous sommes rencontrés. Il me disait venir d'un petit pays d'Afrique centrale, où il faisait bon vivre malgré la misère récursive. Les gens vivaient en paix et en harmonie de coutumes. C'était ma première année d'université en France, loin de ma famille, loin de ma Martinique natale. Seule en France, j'étais nostalgique et ma famille me manquait énormément. En résidence universitaire, après les cours je rentrais directement chez moi. Je sortais très peu. J'étais plutôt pantouflarde. C'est au cours d'une soirée organisée par l'université à l'occasion des nouveaux arrivants que j'ai fait la connaissance d'Afane. Depuis ce jour, nous nous sommes mis ensemble. Nous partagions ainsi, un studio en résidence universitaire. Puis, l'année suivante, je suis tombé enceinte de lui. J'ai accouché à ma troisième année de licence. Une adorable fille, j'étais simplement une maman comblée. Après cet événement, Afane avait souhaité rencontrer mes parents pour leur demander ma main. Mais, ces derniers n'étaient pas du tout favorables à cette union. Nous décidions tout de même de nous marier secrètement. J'étais amoureuse et heureuse. Mais, aussi pleine de naïveté. J'étais très jeune. Afane avait changé après notre mariage. Il n'était plus le même homme charmant que j'avais rencontré. Bienveillant, attentionné et présent. Il rentrait désormais tard à l'appartement. Il ne communiquait plus et se renfermait sur lui. Il multipliait les conquêtes à mon insu et me battait quand il rentrait enivré. Je prenais sur moi, car, je l'aimais fortement. Je voulais voir notre fille grandir dans un environnement familial uni plein d'amour et d'affection. Un beau matin d'Octobre, contre toute attente, Afane décida de rentrer à Libreville au Gabon, après avoir obtenu son doctorat de Sociologie. Me laissant seule à élever notre fille. Il m'avait promis de le rejoindre au Gabon. Mais, les années passèrent et je n'eus plus de nouvelles de lui. J'ai gardé espoir malgré les longs silences. Heureusement, grâce à un de ses amis de fac, j'ai pu retrouver sa trace. Mais, il n'a jamais souhaité répondre à mes messages. Je l'ai contacté pour lui demander le divorce, il n'a jamais donné suite à ma demande. Alors, je pris l'initiative de venir à Libreville avec mon nouveau compagnon, afin de lui faire signer les papiers du divorce. Je l'ai rencontré la dernière fois et je lui ai laissé à signer les documents inhérents au divorce, mais, depuis quelques jours, je suis sans nouvelle de lui. Voilà principalement la raison de ma visite. Nous devons nous marier mon compagnon et moi. Et, ça fait déjà une semaine que nous sommes à Libreville. Et, il nous faut repartir dans quelques jours. Je me rends compte que vous ignoriez qu'il avait eu une relation avant votre union. J'en suis navrée. Sachez que tout comme vous, je suis une victime. Je suis venue vers vous, car, mon conjoint perd patience. Je vous ai épargné certains détails de notre relation vécue. Car, aujourd'hui, je souhaite aller de l'avant et me reconstruire…

Andia, la regardait avec les larmes aux yeux. Elle ne savait pas quoi dire. Et s'en voulait pleinement. Elle aussi portait les sévices de cette relation qu'elle jugeait préjudiciable.
C'était une femme battue, elle s'était résignée, mais avait décidé de s'ouvrir et ne plus le tolérer.

-Comment ai-je pu être aveugle toutes ces années passées ? Je m'en veux et me sens complice de ce qu'il vous a fait subir. Je porte également sur mon corps les stigmates de ces nuits, où, il me prenait de force et me battait quand, je refusais de me donner à lui. La violence aujourd'hui habite son humeur. Et, j'ai longtemps accepté ses supplices. Je veux

désormais me libérer de ses chaînes de persécutions. Et, je ne saurais vous remercier d'avoir fait preuve de courage et de franchise en me confessant les peines et les affres qui ont été les vôtres. C'est un témoignage pesant.
Aujourd'hui, j'ai la force de regarder vers l'avenir et j'attendais un signe pour faire ma demande de divorce. Par ailleurs, je vous informe que notre époux commun, Afane, s'est marié de nouveau, il y a quelques jours. Donc, pour le coup, il a épousé sa troisième femme. En plus d'être un volage, c'est un menteur, un homme coléreux. Je refuse de passer le restant de mes jours à ses côtés. Et, je souhaiterais de tout cœur, vous apporter mon soutien et mon aide.
-Je vous en remercie d'avance. Restez forte, car, rudes seront les prochains jours à son retour. Je vous laisse à vos occupations et vous souhaite une agréable journée. Merci de votre prévenance. Je reste joignable sur ce numéro, jusqu'à mon retour pour la France.

Andia raccompagna la jeune dame en lui exprimant sa gratitude. Il s'était créé une sorte d'amitié et un élan d'entraide féminine entre elles. Ce rapprochement avait permis à Andia de se redéfinir. De s'affirmer davantage et d'espérer enfin vivre une vie sereine pleine d'amour à partager. Elle plongeait dans un mutisme glacial, en se remémorant ses nuits de peine et de douleurs. Ses blessures encore béantes en elle, l'empêchaient de vaincre son acrimonie et cet écœurement de la vie.

Elle savait prendre sur elle et voulait tout pardonner pour mieux avancer. Au nom de l'amour, elle décida de gagner sa liberté.

La journée passa sans once. Le soleil qui s'était fait présent toute l'après-midi, petit à petit disparaissait derrière l'horizon chaste enluminé. A cette heure de la journée, se précipitaient les écoliers, besaces au dos, gambadant et traversant sans effroi les petites voies routières bondées de voitures. La vie après le déluge de la veille, reprenait son cours.

«Tu penses que tu resteras belle et jeune éternellement et que les hommes te courront toujours après. Ce que tu oublies c'est qu'ils ne vont pas t'attendre et que si ce n'est pas toi, ce sera une autre. Nul n'est irremplaçable.»

Owali ANTSIA

Andia, chantonnait, l'air enjoué. Impatiente, elle se projetait dans ses vastes pensées. Elle se voyait déjà femme libre, divorcée. Une nouvelle vie, un nouveau départ, des rêves pleins la tête. En chemin, elle appela sa mère et lui raconta brièvement sa mésaventure de la matinée. Elle raconta comment elle avait fait la connaissance de la première femme d'Afane qui lui avait rendu visite à son domicile. Cette nouvelle déconcerta sa mère. Cette dernière un peu curieuse et irritée voulait en apprendre davantage sur cette histoire rocambolesque. Intriguée, elle convia Andia à poursuivre la conversation plus sereinement à la maison familiale. Andia acquiesça et promit à sa mère de passer en fin de soirée. Elle rentra chez elle après être allée chercher son fils à l'école. Elle trouva à sa grande surprise que son époux Afane était rentré de ses festivités de mariage coutumier. En ouvrant la porte principale, Andia le trouva vautré sur le canapé avec sa nouvelle femme. D'un geste leste, elle voulu cacher à son fils cette scène abjecte mais, Afane se leva et demanda à son fils de venir l'embrasser. Andia, ne voulut pas. Elle saisit le bras de son fils pour le retenir et s'empressa de rejoindre le couloir qui menait à sa chambre. Afane s'interposa farouchement. Et frappa Andia d'un coup sec qui la projeta sur le sol de la pièce principale. Koumbi, la nouvelle épouse d'Afane se leva et

vint la secourir d'un geste de complaisance. Mais, Afane lui assaillit un soufflet qui la fit frémir de frayeur. Elle resta immobile et apeurée. Andia se releva, prit son fils qui sanglotait en regardant son père désemparé. Se positionna face à son époux et lui demanda de la frapper de nouveau. Afane la regarda longuement, tout exaspéré. A cet instant, elle eut envie de lui vomir tout son ressentiment, toute son animosité. D'une voix chancelante mais forte, elle lui dit :
-J'espère que tu as pris du plaisir en me battant devant ton fils pour faire valoir ta virilité d'homme. Je vais être très court dans mon propos. Je demande le divorce et dès cet instant, je quitte cette maison. Installe-toi sans inquiétude avec ta nouvelle épouse. Et, je vous souhaite beaucoup de bonheur.

A ces mots, Afane voulut réagir mais son fils s'interposa et enlaça sa mère comme pour la protéger.

-Vas-y, Frappe-moi ! Crains-tu à présent ton fils ? Frappe- moi, si tu es aussi viril que tu le prétends ! je me ferai un plaisir de porter plainte et dénoncer tes magouilles en tant que Recteur d'université. Tu couches avec des filles mineures, perdues et leurrées à qui tu promets des bourses d'études en complicité avec tes collaborateurs et assistantes. Je suis informé du carnet que tu tiens en menaçant ces jeunes filles de se taire après avoir été abusées. Je peux mettre fin à ta carrière du jour au lendemain, par un simple claquement de doigts. J'ai été une femme aimante et fidèle. J'ai supporté tes violences en espérant un jour, te voir transformé, affectueux et aimant. Mais, j'ai fini par comprendre qu'on ne peut redresser un bois qui est déjà incliné. Tu ne changeras jamais, tu es un homme odieux et volage. Tu as semé le mal partout où tu es passé. Même ton passé te poursuit. Tu trouveras la paix en réglant tous tes problèmes. A ce sujet, je t'invite à signer les papiers du divorce de ta première épouse, la mère de ton enfant que tu as abandonné en France. J'ignore qui j'ai épousé. Tu sais où me trouver, si tu te rappelles un jour que tu as un fils. A bon entendeur !

Andia se précipita de récupérer deux grandes valises rangées la veille dans la chambre de son fils. Elle était décidée à quitter son domicile. Elle téléphona sa mère et l'informa de son arrivée. Il soufflait un vent froid en cette fin de journée morose. Elle prit son fils, démarra sa voiture et se glissa furtivement dans les petites ruelles sombres et craintives de Libreville. Andia s'en alla le cœur léger, laissant derrière elle des années de vie maritale. Un foyer qu'elle avait bâti, pour le bonheur de leur union. Un mari qu'elle aurait voulu aimer sempiternellement. Des instants précieux de vie avant que le mauvais sort ne vienne ternir leur union. Beaucoup d'images de son passé défilaient en elle. Ses rêves de

jeune fille enhardie ; ses journées d'étudiante applaudie ; ses desseins de femme engagée et la mère qu'elle était devenue. Elle pouvait à présent se reconstruire en attendant la procédure de divorce. Libre, elle s'y sentait déjà. Elle attendait de l'annoncer à son amoureux Mbeng. Lui dire que désormais, ils n'auront plus à se cacher. Ils n'auront plus à se désigner amants maudits. Ils pourront à présent correspondre des journées entières. Fini les murs de prison affective. Andia se laissait construire tout un univers d'émotion et d'amour. Cette liberté, elle l'avait gagnée, elle en avait rêvé comme une sensation de bonheur retrouvé. C'était une renaissance pour elle, et leva les mains vers les cieux pour remercier le dieu d'espérance. Andia avait roulé anxieuse et rêveuse dans la nuit assourdissante et carillonnée de lumière des phares, des bars et des gares routières ornées de monde. Elle arriva enfin chez sa mère au domicile familial, les yeux noyés de larmes rédemptrices. Son fils à l'arrière de la voiture, s'était endormi. Elle interpella un adolescent du quartier qu'elle reconnut dans la nuit moite et noire. Elle l'invita à l'aider à porter ses affaires jusqu'à la maison familiale. Sa maman qui l'aperçut au loin, se précipita à sa rencontre. Elle était à la fois éplorée et heureuse pour sa fille. Elle l'embrassa et la regarda hardiment.
-Ton époux ne sait pas qu'il perd une femme forte et intelligente. Le choix de le quitter était la meilleure des solutions. A présent tu

vas te reconstruire, j'ai foi en toi. Viens, rentrons à la maison, la nuit est froide et sera longue.

Elle prit son petit-fils dans les bras, ensemble, elles descendirent le petit chemin qui menait à la demeure familiale. La nuit se ruait dans sa moiteur insolite. Elle invitait sournoise les esprits de la nuit à s'éveiller. Et les bordiers noctambules, dans les bars animés, dansaient enivrés pour célébrer la dureté de la vie et la misère quotidienne qui croissait au fil des saison en milieu urbain.

« Le rêve est un privilège, qu'il faut sans cesse maintenir sinon on perd notre humanité. »

Ulrich BOUNGUILI

Plusieurs mois s'écoulèrent et de nouvelles habitudes définissaient désormais la vie d'Andia. Elle avait repris ses marques et retrouva sans peine ses repères dans la maison de son enfance. Elle avait le soutien de sa fratrie et pouvait compter sur l'appui de son père, qui depuis plusieurs années, s'était installé définitivement au village. Loin du brouhaha de la vie urbaine. C'était un homme robuste, malgré la soixantaine d'âge révolue. Ancien retraité de l'armée de terre. Il avait fini au grade de Commandant, chef de bataillon. Et avait servi son pays durant quarante années de sa vie. Andia se souvenait de ses longues missions à travers toute l'Afrique subsaharienne. Il participa à de nombreux conflits inter- territoriaux. Cette vie soldatesque, il n'en voulait plus, marqué par les belligérances perpétuelles ingérables. Il voulut transmettre le flambeau à Andia, en qui il voyait un bel avenir couronné de succès. Mais, les horreurs de la guerre et les cruautés humaines avaient changé ses desseins et sa vision existentielle. Il était devenu le père aimant, présent, mais un peu solitaire. Il n'appréciait plus la vie en ville. Le vacarme incessant des voitures, la musique tonitruante des buvettes, la rudesse du quotidien et le regard curieux et l'attitude désinvolte des gens. Cette vie-là était désormais loin de son hameau de sérénité.

A certaines célébrations familiales, Andia se retrouvait avec toute sa fratrie au complet, comme au bon vieux temps. Ils évoquèrent des souvenirs communs et ressortaient de vieilles anecdotes qui faisaient le plaisir et le bonheur de toute la famille. Ils partagèrent ensemble de véritables moments chaleureux et conviviaux. Ce rapprochement de fratrie avait permis au père d'Andia d'enterrer les conflits de famille. Il décida de revenir auprès de son épouse, ainsi proche de sa famille. Mais, d'un commun accord, quelques mois plus tard, les parents d'Andia décidèrent de s'installer au village et laissèrent la propriété familiale à leurs enfants. La vie champêtre offrait beaucoup d'opportunités pour un avenir prospère. Ses parents retrouvèrent ainsi, une existence paisible et saine. Ils firent de grandes plantations qui s'étendaient sur des hectares de terres sillonnées. On y trouvait des pépinières de bananes, des tomates, des aubergines, des ananas, des boutures de manioc, du piment, des arachides et des patates douces. A l'arrivée des grandes saisons de pluie, les plantations labourées offraient une vue champêtre luxuriante. Les récoltes furent abondantes et participatives. Elles profitèrent au village entier pour le bonheur de tous.

Le changement de vie vint avec son lot de surprises. Andia avait enfin obtenu le divorce. Après plusieurs démarches administratives et tractations avec son avocat. Afane, contre toute attente, avait également accepté de signer les papiers de divorce de sa première épouse qui résidait en France. Andia se réjouit de toutes ces nouvelles. Elle attendait impatiemment l'arrivée des grandes vacances pour rendre visite à ses parents désormais installés au village. Cela faisait plusieurs années qu'elle n' y était pas allée. Au fond d'elle, elle ressentait comme une invitation, un appel au retour aux sources. Le village était son gîte de paix.
Quelques semaines plus tard, elle fut informée de la nomination de son ex- époux Afane, au poste de Ministre délégué à la lutte contre la corruption et l'enrichissement illicite. Et vit également dans les rubriques consacrées aux faits- divers, l'homicide de deux jeunes filles. L'une âgée de 11 ans et l'autre de 13 ans. Demeurant au quartier Kalikak. Andia resta médusée et choquée par cette information. Elle reconnut sans peine les deux filles d'une de ses voisines du quartier où, elle résidait. Elle lut par la suite, que leur corps avait été retrouvé dépourvu de certains organes, tels que la langue, les yeux et les parties vénériennes. Andia s'empressa d'abréger sa journée et informa son chef hiérarchique de son départ inopiné. Elle pensa à un assassinat béotien des auteurs de

crimes rituels. Et vit un lien indéniable avec la nomination de son ex-époux Afane. Il pouvait être l'auteur de ce forfait, susurra-t-elle. La fin de matinée pour Andia, sonnait en note de puzzle à restituer. Prise dans l'exaltation de cet homicide, elle voulait voir juste dans ses suspicions. Comme une enquêtrice, elle se laissait guider par son sixième sens. Ainsi, elle se rendit à son ancien domicile. Avant, elle fit une halte chez la maman des jeunes enfants assassinés, qui quelques années avant, avait perdu son époux, commissaire de police judiciaire. Il travaillait sur les enquêtes d'escroqueries financières et de proxénétismes. Il fut retrouvé mort dans sa voiture de service devant son domicile. L'autopsie avait révélé un empoisonnement au poil de tigre. L'affaire demeura sans suite.

En arrivant dans son ancien quartier, Andia ressentit une légère brise de fiel. Elle s'avança chancelante près de son ancien domicile. Elle eut comme une précognition. Elle se retourna et grande fut sa surprise. Afane se trouvait face à elle, le regard éreinté et mécontenté. Il lui demanda d'un air décontenancé ce qu'elle faisait là. Andia avala sa langue et regarda son ex- époux avec ombrage et colère. Puis, dans un élan impétueux lui répondit :

-Je cherche des réponses aux questions que je me pose.

-Cherche les réponses à tes interrogations ailleurs, car tu n'as rien à faire ici.

-Je ne suis plus la chienne à qui tu pouvais donner ordre de se taire ou de se coucher. Et tes menaces ne me font pas peur.
-Tu ignores ce que je peux te faire. Je peux briser ta carrière et te rendre plus misérable qu'une chienne allaitante effarouchée.
-Si c'est un sous-entendu pour évoquer mon enfant à qui tu comptes faire du mal, tu sauras où commence et s'arrête la colère d'une louve blessée. Occupe-toi, plutôt à surveiller tes arrières. Car le mal que tu sèmes tu le récolteras en fruit âcre.

Afane resta sans mot dire et regarda Andia s'en allée hardiment. Elle avait bien changé depuis leur dernière confrontation. Il trouvait, désormais en elle certaines qualités. Celles d'une femme forte, brave, aventureuse et indépendante. Il ressentait à la fois une envie de se blanchir, de s'excuser et de lui dire combien, son amour pour elle, n'avait pas terni son cœur. Il l'aimait encore sans doute. Il resta là, un long moment immobile, comme happé par le temps fluctuant.
Andia, qui ne s'était pas laissé distraire s'avançait assurément et sonna chez la mère des deux jeunes filles occises. Elle se présenta à cette dernière penaude et chagrine. Un ruisseau de larmes couvrait son visage éploré. Elles s'étreignirent comme pour alanguir et retenir les vagues de peine qui noyaient leur désarroi. Andia s'invita à entrer sans taire son indiscrétion. Elle s'informa sur les causes révélées de décès des

deux petites filles. Les révélations obtenues après échange avec la maman, conforta sa défiance. Tout paraissait concorder avec ses appréhensions, il s'agissait bien d'un crime rituel. La mère écorchée par le chagrin et la douleur ne sut quoi faire face à cette horreur. Elle pleurait continuellement comme pour engloutir le mal qui l'annihilait. Andia alarmée la réconfortait sans retenir son émotion béante. Elle resta tout l'après-midi auprès d'elle et le soir tombé, elle prit congé en lui promettant de faire la lumière sur ce meurtre sans janotisme.

Cette nuit-là, Andia ne trouva pas le sommeil. Elle repassa en boucle, les indices décelées et surtout, les informations recueillies de son échange avec son ancienne voisine, la veuve Ossélé. Elle apprit ainsi, que cette dernière avait eu une liaison avec son ex- époux Afane. Ils se fréquentaient régulièrement et cela depuis plusieurs années. Andia tomba des nues, lorsqu'elle apprit également que son ex- époux Afane était en réalité le géniteur avéré des deux jeunes filles assassinées. Ce fut pour elle une révélation à la fois invraisemblable et ahurissante. Elle resta songeuse et ressassait certaines images, des scènes du quotidien et comprenait l'attitude protectrice qu'avait Afane à l'égard de ces jeunes filles. Andia était abattue, affligée, vidée de ses forces. La veuve Ossélé lui avoua aussi que son défunt mari avait appris que ses enfants n'étaient pas les siens, ce jour- là, il entra dans une colère noire et menaça de tuer l'amant de sa femme avec son arme de service. Peu après, en apprenant qu'Afane était l'amant de sa femme, il mena une enquête sur lui et découvrit qu'il était associé à des activités illicites. Il avait recueilli des preuves de ses filouteries et autres délits. Il décida alors de le faire tomber, lui et ses complices. Mais, le destin intrépide prédit une tout autre chronologie. Il fut assassiné et son homicide fut maquillé en suicide, attesté par une lettre retrouvée dans sa voiture cette nuit-là, du 23 Mai 1990.

La veuve Ossélé affirma sans craintes qu'elle avait participé aveuglément au meurtre de son mari, en révélant à Afane, ce même jour , son planning journalier. Elle avoua sans détours que les crimes rituels perpétrés contre ses filles mineures étaient sans aucun doute l'œuvre méphistophélique d'Afane. Elle l'avait toujours pressenti, mais ignorait les désirs infernaux de son ancien amant Afane.

« La haine ne persécute que l'amour. Esquif de l'orage des émotions au seuil de la bonté. Persécuté par d'incroyables cloches de défaites faites de fêtes. »

Benicien BOUSCHEDY

Quelques mois, après ces mésaventures à la fois invraisemblables et singulières, Andia apprit de sources incertaines que plusieurs enquêtes furent menées contre Afane et certains de ses collaborateurs de l'université, pour détournement de mineures en bande organisée et détournement de fond public. Le scandale était lié au plus haut sommet de l'état. L'affaire fut beaucoup de bruit dans les journaux et médias d'état. Afane qui avait dû démissionner de son poste quelque temps avant, fut écroué en attendant son procès. Andia avait été entendue par les enquêteurs, donc appelée à témoigner pour les charges retenues contre son ex- époux. Son avocat, lui donna certaines consignes durant l'interrogatoire à la Direction générale des contre- ingérences et de la sécurité publique autrement appelée B3. Après des semaines d'enquêtes menées, Afane fut lavé de tous les soupçons et des accusations portées contre lui. Il reprit ainsi ses activités et quelques jours après avoir été relaxé, il fut nommé par décret gouvernemental comme Directeur général du trésor public. Andia apprit la nouvelle sans surprise de sa part. Elle se disait que ses amis et complices des faits évoqués ne souhaitant pas être cités à comparaitre lors du procès et avaient tout fait pour étouffer l'affaire en le libérant des geôles du B3. La justice une fois encore avait bu l'eau du népotisme. « Ici, dans ce pays où la misère côtoie l'atmosphère, les plus nantis sont et font la loi, à chaque lever et coucher de soleil, au pays des Matitis à ciel ouvert », disait-elle. Elle eut à ce moment, une pensée maraudée. La piste de crimes rituels commis sur les deux jeunes filles au quartier Kalikak avait été également évoquée lors de l'enquête menée contre Afane, Andia s'interrogeait sur la suite donnée à cette affaire.

Les vacances scolaires pointaient à l'horizon. Les hirondelles qui migrent en saison sèche avaient fait curieusement leur apparition en cette période de juillet. Il planait un vent de liberté mêlé aux brises légères semblable aux effluves des amours bucoliques. Les aurores dessinaient dans le ciel encore endormi des nuances de fresques carmin aux rayons ocrés. Andia lisait les signes du jour, pensive et enthousiaste. Elle attendait l'arrivée de son amoureux Mbeng. Elle s'épanouissait, revivait comme ces idylles franques des années lycées. Elle contemplait les fleurs de bonheur qui avaient éclos dans sa nouvelle vie. Elle avait enterré ses craintes et ses doutes avec son passé. Elle repartait de zéro et comptait sur sa foi en l'amour sincère. Pour elle, c'était plus qu'une renaissance sentimentale. Une vie anticonformiste. Elle prenait beaucoup de plaisir à redécouvrir ses attraits. Au près de son entourage familial, elle avait officialisé sa relation avec Mbeng. Mais, cette relation ambiguë suscitait quelques réserves chez sa sœur aînée proche d'elle. Elle la mettait en garde contre les relations à distance. Lui avouant délibérément que ces relations ressemblaient aux contes de fées avec une fin le plus souvent mélodramatique. Elle avait vécu une histoire similaire qui lui avait laissé un profond chagrin d'amour et une blessure de cœur, sempiternelle. Elle n'avait plus jamais retrouvé l'amour. Andia, en écoutant le témoignage attendrissant de sa sœur aînée, demeura lassée et silencieuse. Au fond d'elle, il y avait comme une lueur incandescente d'espoir qui confortait son cœur fluet. Elle persévérait à croire en l'amour réciproque de Mbeng. Leur relation n'avait rien de commun. Elle le dépeignait comme un ange. Un homme aimant et adorable au grand cœur. Elle ne le voyait pas comme un bonimenteur ou un aguicheur. La distance, pour elle n'était pas un obstacle à leur amour. Elle se plaisait à dire que : « La distance est uniquement un test afin de savoir jusqu'où l'amour peut voyager ». Andia remontait le cours du temps dans ces longs et langoureux échanges noués de passion. Chaque jour, ils se couchaient ensemble à la brunante débonnaire.

Les vieux clochers d'école retentissaient hier dans toute la ville simultanément. Annonçant la fin d'année scolaire et le début des grandes vacances. C'était la période de jubilation pour tous les gavroches avides d'aventure et aussi de délassements. Le jour s'était levé en soleil radieux. L'air des vacances soupirait dans tous les visages des voyageurs empressés et béats. Il régnait à la gare routière du Pk 7, une atmosphère tonitruante. Andia, au milieu de toute cette agitation, les bras pesants, se ruait vers les transporteurs à la recherche du bon routier. Elle allait rendre visite à ses parents au village. De nombreuses voitures et bus de voyages faisaient le plein de voyageurs et estivants en émoi. Les meilleures places dans les bus de transport étaient très prisées des habitués et vacanciers. Les accidents routiers étaient fréquents en cette période remuante. Certains chauffeurs prudents appréhendaient l'état ardu et délabré de la nationale 1. En revanche, pour d'autres plus expérimentés, la route n'avait pas de secret, ils ne craignaient pas les chargements lourds avec des excès de bagages et de marchandises. Il n'existait pas ailleurs dans la ville, pareille cohue en ce début de vacances. Andia et son fils, munis de leur titre de transport à la main, attendaient impatiemment le bus qui allait en direction du village d'Opweng.
Soudain, dans la cohue en effervescence, elle entendit quelqu'un l'interpeler à gorge étalée. Andia effarée, se retourna de tous les côtés et

aperçut au loin, la silhouette d'une jeune femme qui lui faisait de grands signes de la main, et s'avançait vers elle, toute radieuse. Andia reconnut sans encombre, Mendia, son amie d'enfance. Elles s'étaient perdues de vue depuis plusieurs années. Elle s'écria émue et enjouée.

-Mendia ! Mon Dieu ! Est-ce toi ? Je n'en reviens pas ! Mais, où étais-tu ces dernières années ? Je n'ai plus eu de tes nouvelles !

-Andia, mon amie ! Comme tu es devenue belle femme !

-Et toi donc ! Tu as tellement changé, waouh !

Tu es resplendissante ! j'ai eu du mal à te reconnaître. Comment- vas-tu, ma belle ?

-Je vais très bien, merci. Et, toi ? Raconte-moi tout ! Et qui est ce beau petit garçon ?

-C'est mon fils ! Mon petit trésor à moi !

-Il est trop mignon ! Il a de très beaux yeux châtains.

-Merci ! Où étais-tu passée après toutes ces années ? Tu as complètement disparu !

- C'est vrai, et, je m'en veux énormément. Après l'obtention du Baccalauréat, nous nous étions vues à la cérémonie offerte par mes parents pour notre réussite à l'examen. Peu après cet épisode heureux, mon père fut nommé Consul général du Gabon en Suisse. Avec pour résidence Genève. Et, donc, depuis toutes ces années, je vis à Genève. J'ai fait toutes mes études universitaires en Suisse et au Luxembourg. Particulièrement dans le domaine du tourisme. Là, je suis en vacances et en même temps, je travaille. Je suis venue en repérage, car, j'ai monté depuis deux ans, ma petite entreprise de voyage touristique. Le concept est simple, je propose à une clientèle particulière étrangère, la découverte de notre patrimoine matériel et immatériel, à travers des excursions, voyages, et découvertes des lieux à la fois insolites et chargés d'histoire. Une immersion totale dans la vie quotidienne du monde rural. C'est très exhaustif à décrire, mais, pour l'heure, laisse- moi profiter de nos retrouvailles. Dans mes bras ma belle !

Elles s'embrassèrent en poussant des cris de joie. Andia ne cachait pas son alacrité. Ravie d'avoir retrouvé son amie d'enfance après tant d'années passées. Elle lui présenta son fils et lui raconta sa vie. Entre confidences et souvenances, elles retrouvèrent leur amitié d'autrefois. Ainsi, Andia proposa à Mendia de l'accompagner au village de ses parents à Opweng. Cette dernière enjouée, accepta volontiers l'invitation de son amie. Elle trouva l'idée complètement folle et captivante. Andia, lui prit un ticket de transport et tous les trois embarquèrent pour un long voyage au village d'Opweng, la terre des gazelles.

Les petites pluies de fin de saisons, des jours précédents avaient balayé les chemins et les routes poussiéreuses. L'air parfumé de la nature rappelait à Andia, la simplicité et la beauté de la vie. Elle partageait ce bonheur avec sa meilleure amie Mendia, qui s'extasiait devant les panoramas mirobolants qu'elle contemplait avec émerveillement. Elle en était ravie. Et remercia Andia de lui avoir donné l'occasion de vivre ces instants rares. Elle était nostalgique et redécouvrait émue tout au long du voyage, les forêts et les grandes rivières qui ont bercé son enfance. C'était cela, le bonheur pour elle. Et, elle voulait le partager à sa clientèle particulière dans le cadre de son activité touristique, à la découverte du patrimoine profond. Elle aimait son pays, surtout la richesse de sa diversité ethnique et culturelle. Elle y voyait un immense potentiel touristique, avec ses parcs nationaux, qui pour elle représentait un véritable temple de la biodiversité.

Après cinq heures de route, les passagers harassés demandèrent une halte près d'un petit village sur la route. Une sorte d'escale des voyageurs. Ils descendirent tous se désaltérer. Certains habitués de la route achetèrent des provisions et du vin local, très appréciés des villageois. La pause fut courte et par un coup de sifflet, le chauffeur rappela tous les passagers et reprit la route, empressé en entonnant une chanson populaire du pays. La route fut longue mais le voyage plaisant, pour les deux amies, Andia et Mendia.

Trois heures après l'ambiance chaleureuse, l'arrivée au village d'Opweng fut annoncée au son de klaxon ronflant. Andia contemplait avec charme le décor bucolique qu'offrait la grande montagne qui couvrait le village. Mendia de même émerveillée s'écria :

-Quel paradis de beauté ! On se croirait dans un autre univers, un vrai havre de paix, loin de tout. Et cette sérénité qu'imposent ces mastodontes arbres mystérieux. Je ressens une étrange sensation de bien-être absolu. Où sommes-nous Andia ?

-Bienvenue au village d'Opweng ! Ici, il n'y a qu'une seule saison, celle du bonheur.

-Je suis conquise Andia, je n'avais pas rêvé mieux comme endroit féerique. Ce village est unique. Comment peut-on vivre dans ce pays en ignorant de telles destinations étonnantes. Je la veux dans ma liste de lieux insolites et enchanteurs. Si bien entendu, tu es d'accord !

-Mais, bien-sûr ! Tu es et seras toujours la bienvenue dans ce village. Les habitants de ce village t'accorderont hospitalité et générosité. Viens, je vais te présenter à mes parents et à ma grande famille.

Les derniers rais de soleil vermeil s'effaçaient finement vers l'horizon allègre. La nuit au village d'Opweng s'annonçait festive. Le tam-tam messager, annonçait la cérémonie des jeunes initiés. Le village entier se préparait allègrement aux cérémonies.

Andia se réjouissait de la présence de son amie Mendia qui avait fait la connaissance de ses parents, et était accueillie comme une native du village d'Opweng.
Mendia profitait de ces doux moments de communion avec la nature primaire. Sans fioriture altérant. Elle contemplait émotive, l'architecture des paillotes faites de terre d'argile et de chaume. Elle en était vraiment admirative. Les villageois la regardaient d'un air charmé. Ils disaient d'elle dans un patois très accentué qu'elle avait des jambes de gazelle blanche. Son allure de jeune femme svelte au teint métissé, lui donnait une allure de femme occidentale. Elle était accoutrée à la Française. Un grand chapeau couvrait sa frimousse juvénile. Une chemisette blanche cristalline dessinait sa poitrine mâtinée. Elle portait un bermuda jean qui mettait en valeur ses délicates jambes de gazelle blanche.

« Déménager les personnes, oui ! Mais les ancêtres ? Ah ! On oublie les ancêtres ? Ils vont se rappeler à eux ! Ils vont en faire, du bruit : ce sera le Bruit de l'Héritage. »

Jean DIVASSA NYAMA

La nuit avait recouvert le village entier de son obscurité rutilante. C'était un soir de clair de lune. La petite place du village petit à petit abritait du monde. Le tamtam annonciateur invitait le village à se réunir autour du feu où se trouvait le Mbandja. C'était une sorte de grand hangar rectangulaire bas, plus profond que large. Un édifice caractéristique des villages de cette contrée. Le plus souvent situé au milieu de la rangée de droite du village- rue, jamais à gauche. Le Mbandja a toujours eu, pour les autochtones, une importance à la fois sociale et religieuse. Autrefois, cet édifice était réservé à une caste masculine dite association masculine du Bwiti. L'accès aux femmes et aux enfants y était totalement proscrit.
Ce soir-là, Andia et Mendia, ardemment avait été conviées et recommandées à participer à la cérémonie rituelle d'initiation. Il y avait beaucoup de ferveur dans le regard des villageois qui en chœur, reprenaient les chants rythmés, entonnés par les initiés assis dans le Mbandja. Ils étaient vêtus de raphia et couvert de kaolin blanc et rouge enluminé. En cadence effrénée, ils dansaient et sautaient autour du feu apaisé. La nuit prenait vie dans ce décor syncrétique. Le tamtam retentissait jusque dans les villages alentour. L'exaltation était commune. Andia regardait apeurée les danseurs qui se jouaient du feu ardent. Tandis que Mendia,

enjouée et captivée se laissait prendre au rythme entrainant des battements de mains en note synchronisée. Le rituel s'étala sur la nuit entière. Il eut un long cri intermittent à la brunante de la nuit, qui fit apparaitre des ombres blanches comme des esprits sortis d'un autre monde. En farandole, les jeunes initiés s'avançaient avec un objet étrange que portait chacun. Puis, au son enchanteur de la harpe sacrée, le maître initiateur annonça l'arrivée du grand esprit de la forêt. A ce moment, plusieurs femmes entrèrent dans une transe insondable. Des jeunes enfants fuirent la petite place du village, en poussant des cris de frayeur. Andia et Mendia furent conseillées de quitter la cérémonie rituelle. Elles allèrent s'enfermer dans l'habitation familiale. Curieuses, elles tendirent l'oreille pour écouter les bruits nocturnes et le tamtam qui résonnait toujours près de la petite place du village, que couvrait la grande montagne dense et mystérieuse du village d'Opweng.

Le lendemain matin, aux premières lueurs du jour, le village tout doucement s'éveillait. Sur la petite place encore endormie, quelques poules becquetaient les restes d'aliments abandonnés çà et là, lors de la cérémonie rituelle de la veille. Les chiens errants furibonds se partageaient les morceaux de viande de brousse amassés près de l'entrée du village. L'air frisquet de saison apportait les effluves clairsemés des plantations d'ignames. Le son de la harpe vespérale retentissait encore dans l'ombre des bois de la forêt, derrière la grande montagne sacrée où s'installèrent en refuge les initiés pour la fin de leur rituel ancestral.
Andia, s'était levée à l'heure du départ des femmes du village pour la partie de pêche à la nasse. Pendant la grande saison des pluies, l'activité est plus dense et réjouit le village entier. Car, elle favorise l'arrivée de grosses quantités d'eau sur l'estuaire qui attirent bon nombre de poissons. D'autres femmes en revanche, plus avancées en âge, de bon matin, accompagnaient les hommes planteurs, pour la récolte des ignames. C'était le moment préféré d'Andia. Avant le départ, tous les agriculteurs se réunissent au corps de garde et écoutent le joueur de Mvett, qui raconte la légende célèbre d'Andia.

Mendia s'était réveillée de bon matin, en même temps que les premiers chants du coq, qui annoncent l'arrivée des chasseurs, partis la veille au crépuscule. Elle prenait plaisir à faire la grâce matinée sur son lit de liane tissée, recouvert de peau séchée et roide. Andia l'interpella :
-Debout Mendia ! Il faut que tu viennes voir et écouter le joueur de Mvett. Tu apprendras la légende d'Andia et comprendras d'où vient le nom attribué à ce village, Opweng qui signifie la terre des gazelles.
-Laisse- moi le temps de m'étirer fortement. Tu sais aussi bien que moi, que la vraie beauté d'une femme se distingue à son réveil. Et que toutes les citadines aiment bien faire la grâce matinée.
-Cela vaut une grâce matinée, crois- moi !
Allez, mets-toi un pagne autour des hanches et viens apprécier la richesse de notre tradition orale.

Elles s'invitèrent ainsi au corps de garde où étaient réunis, femmes, hommes et enfants, baguettes de bois à la main. En chœur et en rythme, ils accompagnaient allègrement le diseur de Mvett. Andia demanda à son amie d'écouter le récit psalmodié du conteur, en lui traduisant littéralement les paroles.

*« Andia y a efak nane ôô*
*Degue inga yia me bele de mo ôô*
*E bor ba so njun i nzok*
*Ba dzo na me ndia me mena djang èè*
*Nzè i nga dza nda ibour ôô*
*Wo na mengue me bele mindzuk ôô*
*Afane bidji dzile imour*
*Qui de fa bilare bi a ke bi a long èè*
*Ndjura beyeme è, bi yen za èè... »*


*« L'igname de la récolte de ma terre devait en principe être distribuée et une partie me revenir.*
*Ceux qui reviennent des plantations, rapportent que nos ignames sont en train de disparaître.*
*Qu'est-ce qui décime ainsi nos terres ?*
*Ô mère Mengue, comme je souffre !*
*Les réserves naturelles de tout le village sont en train d'être dévorées par les rapaces.*
*Ô mes ancêtres, comme je me sens si seul !*
*Le village ressemble désormais à une steppe.*
*Même à un campement il fait bon vivre.*
*Au corps de garde où se rassemblent les plus vaillants, j'entends que les hommes sont devenus vils.*
*Nous ne sommes donc que des enveloppes charnelles !*
*Ô mon père, comment viendrai-je, te l'annoncer ? L'esprit d'un Homme se doit d'être d'acier. Et moi je ne suis plus aussi jeune pour les combattre.*
*Ô mes ancêtres !*

*(Refrain)*
*Gazelle, gazelle, à qui m'abandonnes-tu ?*
*Gazelle, enfuis-toi mais sache que tu souffriras un jour des effets engendrés par le manque de ces ignames.*
*Ils sont en train de me tuer, à qui donc m'adresser ?*
*Gazelle, enfuis-toi mais sache que tu souffriras un jour des effets engendrés par le manque de ces ignames.*

*Ô mes ancêtres, je me sens si seul !*
*Le riche et l'opprimé doivent désormais s'affronter. Pour éviter que le sel de vie ne soit dissous à jamais.*
*Le riche se doit d'être arrêté au piège du peuple. Pour éviter qu'on subisse*
*ce rythme à jamais. Pour éviter qu'on subisse cette danse en vain.*
*Gazelle, gazelle, gazelle à qui m'abandonnes-tu ?*
*Gazelle, enfuis-toi mais sache que tu souffriras un jour des effets engendrés par le manque de ces ignames.*
*Ils sont en train de me tuer, à qui donc m'adresser ?*
*Gazelle, enfuis-toi mais sache que tu souffriras un jour des effets engendrés par le manque de ces ignames.*

*Parti de mon terroir, pour me rendre compte moi-même de ces ignominies. J'ai été surpris de me rendre compte à la plantation,*

*que ce sont les pygmées qui ont confisqué nos terres.*
*Ô mon père, la folie des riches est donc bien fondée. Sont-ils vraiment malades ou font-ils alors semblant ?*
*Comment peut-on piller les denrées de son propre grenier.*
*Sachant que c'est ce grenier qui garantit la vie du village ?*
*Ô mes ancêtres, comme je me sens si seul ! ».*

Les paroles de cette légende résonnaient en elle comme une giclée d'émotion chagrine. Mendia n'écoutait plus la traduction littérale d'Andia. Elle se laissait happer par les notes harmonieuses et sacrés du Mvett. Andia lisait dans son regard séduit comme un bonheur éclaboussé. Elle se disait en elle que sans la tradition orale, tous ces récits, ces contes, ces fables et légendes à jamais disparaitraient.
Après cette petite cérémonie coutumière pour la cueillette des ignames, Mendia remercia son amie Andia de tout cœur.

-Merci infiniment pour ce trésor inestimable que tu m'as offert. Tu n'imagines pas le plaisir qui est mien. Comment te témoigner en retour mon estime. Merci, de m'avoir permis de renouer avec mes racines ancestrales.
« La tradition orale est celle où l'histoire, les histoires, les souvenirs et les traditions sont parlés et transmis de génération en

génération ». Mais, les valeurs se perdent de nos jours et les traditions orales qui font partie de notre mode de vie africain, se meurent. Ils sont la façon dont nous partageons le patrimoine culturel et les croyances. Ils montrent des attitudes et des sentiments de nos mœurs. Ils sont très importants pour garder le passé vivant. Qu'aurons-nous à donner comme héritage à notre progéniture ?

Ces mots faisaient écho aux valeurs partagées par Andia.

-Merci à toi mendia. Notre amitié est si chère à mon cœur. Je voulais te faire partager cette sensation de vie dans le monde rural. Je suis un enfant de cette contrée, ma tradition est mon héritage et mon trésor. Je défendrai cet héritage et je le protégerai toujours corps et âme. Mon sang est imprégné de la sève des grands arbres qui peuplent et veillent sur ce village. Tout comme, cette infinie montagne sacrée qui protège lignée après lignée notre patrimoine traditionnel ancestral. J'ignore ce que feront demain, les hoirs libres, de cette richesse culturelle, mais, je voudrais croire que nos us et coutumes resteront à jamais pérennes en nous. Voilà, tu connais à présent, d'où me vient ce patronyme, si atypique. « Andia » dans notre patois signifie igname. Mais, pas seulement. Car, ce nom a aussi une portée symbolique et spirituelle. Mon père m'a dit que je suis la dernière

descendante de la lignée à être née avec l'étrange marque de la gazelle blanche sur le dos. C'est la marque du génie protecteur de notre clan. Dans le passé, cette marque a toujours été portée par des hommes. Je suis la première et l'unique femme a porté cette marque. Et la seule à n'avoir jamais été initiée au culte des génies de la forêt. Car, je n'ai jamais eu de vision ou de rêves prémonitoires. Je suis la princesse héritière et protectrice de cette lignée...
-Waouh ! Je reste sans voix ! C'est à la fois merveilleux et insolite. Tu m'as donné envie d'apprendre davantage sur ton clan et ce beau village d'Opweng.

Andia était fière de ses racines. Elle portait en elle l'héritage traditionnel et ancestral de sa lignée. Mais, elle ignorait réellement quelle était sa destinée.
La journée s'annonçait ensoleillée et pateline. Le village s'activait au fil des heures. La mère D'Andia convia les deux jeunes femmes à la préparation du manioc, avant leur retour en ville. Elle leur montra une recette ancienne de grand- mère, pour la fermentation du manioc. Elles prirent plaisir à cuisiner tous les trois ensembles dans une ambiance agréable et familiale. Le repas dc midi terminé, Mendia prit son appareil photo et immortalisa ces instants merveilleux et inoubliables.

Le soleil glissait ardemment dans le ciel bleuté. Andia s'était apprêtée pour le départ. Emue, elle embrassa chaleureusement et affectueusement ses parents et son fils resté au village pour la période des vacances. Mendia, souriante et nostalgique de quitter le village d'Opweng, remercia jovialement les parents d'Andia et certains villageois présents sur la petite place pour leur accueil et leur générosité. Elle reçut comme présent d'une fillette, un chapeau de paille avec une plume rouge de perroquet gris du Gabon. Mendia soupira d'émotion et enlaça d'un geste affectif la petite fille. Touchée profondément, par le geste, Mendia détacha son collier tibétain de la paix intérieure et l'attacha autour du cou de la fillette qui la remercia par un sourire amène.

Puis, elle rejoignit Andia. Elles saluèrent au départ les villageois réunis une dernière fois sur la petite place du village qui d'une même voix auguste bénirent leur voyage.

Andia était toujours mélancolique de quitter le village d'Opweng. La même émotion, la même sensation chagrine, le même regard comme un adieu qui n'en était pas...

Avec elles, voyageaient les beaux souvenirs partagés, gravés à tout jamais, des brunantes rythmées et animées. Le chant douceâtre des oiseaux trimardeurs, accompagnait avec éclat la mélodie nostalgique du joueur de Mvett que fredonnait Mendia, le regard bercé et happé par le tableau mirifique des gazelles juvéniles qui s'abreuvaient nonchalamment le long d'un marécage au reflet de diamant. Et, dans le lointain résonnait toujours en rythme mélancolique la douce complainte d'Andia.

*(Refrain)*
« *Gazelle, gazelle, à qui m'abandonnes-tu ?*
*Gazelle, enfuis-toi mais sache que tu souffriras un jour des effets engendrés par le manque de ces ignames.*
*Ils sont en train de me tuer, à qui donc m'adresser ?*
*Gazelle, enfuis-toi mais sache que tu souffriras un jour des effets engendrés par le manque de ces ignames.*

*Ô mes ancêtres, je me sens si seul !*
*Le riche et l'opprimé doivent désormais s'affronter. Pour éviter que le sel de vie ne soit dissous à jamais.*
*Le riche se doit d'être arrêté au piège du peuple. Pour éviter qu'on subisse*
*ce rythme à jamais. Pour éviter qu'on subisse cette danse en vain.*
*Gazelle, gazelle, gazelle à qui m'abandonnes-tu ?*
*Gazelle, enfuis-toi mais sache que tu souffriras un jour des effets engendrés par le manque de ces ignames.*
*Ils sont en train de me tuer, à qui donc m'adresser ?*
*Gazelle, enfuis-toi mais sache que tu souffriras un jour des effets engendrés par le manque de ces ignames...* »

« Terre cabossée bâclée d'embolie et de démesure amblyope, dépouillée qu'elle est de ses portions de soleil, ma terre dès potron-minet »

Bellarmin MOUTSINGA

Une semaine plus tard, après le petit séjour au village d'Opweng, Andia anxieuse, sans cesse, regardait les messages reçus sur son téléphone. Elle était sans nouvelle de Mbeng, son amoureux. Elle lui laissa bon nombre de messages sans réponse de sa part. Elle reçut entre autres, de son amie Mendia, un carton d'invitation à un dîner gala, dans un grand hôtel de la ville. Son retour pour la Suisse se faisait proche. Et, pour l'occasion, elle voulait une dernière fois être en compagnie de son amie.

La journée passa en note de monotonie. Et l'anxiété d'Andia disparut. Elle continua tout de même à scruter sans cesse son téléphone. Toujours sans nouvelle, elle se mit à imaginer le pire des scénarios. Et, si comme le disait sa sœur, il avait rencontré une autre femme en France. Leur amour ainsi, viendrait à ternir. Tourmentée, elle repensait à ses paroles sur les relations d'amour à distance. Et ces mots sonnaient en elle comme l'écoulement d'un torrent bruyant

Elle resta dans un long silence morose. Et, s'endormit de lassitude émotionnelle.

Au soir tombé, Andia retrouva Mendia, dans un grand hôtel de la ville pour le dîner gala.
Elle était vêtue d'une longue robe pourpre, fine et aguichante. Mendia, dans son allure svelte, portait une robe haute couture couleur eau-de-vie. Elle s'avançait vers Andia qui paraissait tout intimidée et n'osait pas faire un pas vers le hall d'accueil de l'hôtel.

-Andia, ma belle ! Comme tu es ravissante ! Cette robe te va à merveille ! Merci d'avoir répondu favorablement à mon invitation.
-Bonsoir Mendia, je te retourne l'amabilité. Ta robe est à tomber ! Elle est magnifique !
-Je te remercie ! Viens, tu es la bienvenue !

A pas chancelants, Andia marchait le long du hall et découvrait un lieu somptueux avec des lustres majestueux et flamboyants. Elle contemplait enchantée des décorations fastes, des tableaux et autres enjolivures de qualité. C'était un hôtel cinq étoiles. Tout était soigné et scintillant. Andia s'étonnait agréablement. Mendia connaissait ces lieux. Elle y venait autrefois avec ses parents. Lors des collations et cérémonies fastueuses.

-C'est la première fois que je rentre dans cet hôtel luxueux, Mendia. C'est splendide !
-Viens, je te fais découvrir les lieux et je te présenterai au directeur de l'hôtel, un vieil ami de mon père. Tu sais, c'est un peu chez moi, ici.
-Chez toi ? Comment ça ?

-J'y venais souvent, autrefois, avec mon père. Les souvenirs défilent en moi, à chaque fois que j'y remets les pieds. Après le décès brutal de ma mère, mon père pour taire son chagrin douloureux se jeta à l'œuvre, dans le monde des affaires. Il m'y emmenait souvent lors de ses dîners d'affaires et rencontres de travail. Quelques années après sa retraite, il eut de nombreux accords en Afrique et fut très sollicité en Europe pour son expertise dans le marché du bois. Son rêve était de rentrer au pays et d'y investir. Mais, le cœur de l'homme étant plein de jalousie et d'inimitié, il fut condamné à l'exil par certains politiques et hommes d'états de ce pays. Nombreuses de ses affaires ici furent fermées, tout comme ses comptes bloqués. Alors, il décida de s'installer définitivement en Suisse. Son malheur faisant son bonheur, ainsi, l'exil lui fut salutaire. Il se lança dans le négoce du marché de vin de luxe et développa des filiales en Europe, en Asie, en Amérique et en Afrique du Sud. Mais, la douleur et le chagrin dus au décès de ma mère ne l'a jamais quitté. Il se mit à boire, noyé par cette solitude pesante et immense. Il n'a jamais oublié ce pays qui lui a tant donné. Je poursuis un peu ses rêves à travers ce projet. Bien que souffrant et vieillissant, c'est lui mon fidèle conseiller en affaires. Et, je profite de sa sagesse, de son expérience et surtout de son vaste carnet d'adresse. Voilà, comment j'ai pu signer un partenariat avec ce groupe hôtelier international. C'est ici que séjournera ma

clientèle étrangère à l'arrivée, pour mon projet touristique, à la découverte du Gabon profond.
-C'est une triste et belle histoire, emplie de leçons de vie. Je te trouve très courageuse et entreprenante. Je te souhaite beaucoup de réussite dans tes desseins. Tu le mérites, je le pense profusément. Et, donc, c'est ici que tu séjournes depuis ton arrivée ?
-Oui, bien sûr ! Cela me permet aussi dans le cadre de mon activité de faire des rencontres fortuites, de parler de mon business et de trouver des mécènes et hommes d'affaires désireux de me rejoindre dans mon aventure.
-C'est impressionnant ! C'est une activité captivante et, j'imagine que tu rencontres du beau monde !
-Oui, en effet ! Je fais parfois de très belles rencontres. C'est cela aussi, le charme de cet univers qu'est le tourisme.
-C'est vrai aussi que tu as un atout de taille, tu es une belle femme, séduisante et intelligente.
-Tu es adorable et séduisante toi aussi, et j'ai beaucoup de chance de t'avoir comme amie. Tu as toujours été présente pour moi, quand nous étions au lycée et j'en garde de très bons souvenirs. Et, même, lorsque j'étais en conflit avec mes parents, à ma crise d'adolescence, tu as été celle qui a su m'écouter et m'apporter conseils. Tu sais, on dit souvent que : « Vous reconnaitrez vos vrais amis à ce que, le jour où vous vous ridiculiserez, ils n'en feront pas des gorges chaudes ». A la

différence des autres filles, tu ne me jugeais pas. Tu m'acceptais avec mes défauts. Et, je ne te remercierai jamais assez. Viens, j'ai une surprise pour toi. Tout d'abord, sache que ce soir, tu es ma convive. Je t'ai réservée une extraordinaire chambre près de la mienne, avec une vue panoramique sur la mer, et ses couchers de de soleil à couper le souffle. Tout est pris en charge par l'hôtel, même le dîner de la soirée. Alors, elle n'est pas belle la vie !

Andia était émue aux larmes pour toutes ces attentions à son égard. Elle remercia Mendia et l'embrassa affectueusement. Puis, elle se laissait guider dans ce grand hôtel luxueux. Mendia, lui montra sa chambre, elle aperçut la mer, comme un tableau attendrissant, qui s'illuminait dans la nuit froide et opaline. La brise nocturne s'invitait dans sa chambre comme une galante énamourée. Elle vit sur son lit de belles robes de grands couturiers, des bijoux, des escarpins, des parfums aux effluves enchanteurs. Andia, comblée ne sut comment remercier son amie.

L'heure du dîner s'annonça et nos deux amies rejoignirent enjouées la salle des banquets qui rayonnait de toute sa splendeur. Elles passèrent une soirée pleine d'ambiance et de réjouissance entre le bal des débutants et la valse des initiés. Andia ne termina pas la soirée. Elle fut prise de maux et de vertiges de façon brusque. Puis, un court instant, elle eut une étrange vision. Autour d'elle, dansaient des spectres et des êtres de lumière avec des têtes d'animaux insolites. Sous leurs pieds, elle vit plein de sang et des corps d'enfants éraflés et morcelés. Prise d'effroi, elle quitta la salle, sans éclaircissement, s'excusa humblement auprès de son amie Mendia et rejoignit sa chambre promptement.

« Extraction du clitoris, collecte de sang de menstruations ou de pertes blanches, sur des femmes volontaires souvent démunies qui ne réalisent pas les implications spirituelles de leur cupidité. »

Nadia ORIGO

Le lendemain matin, Andia se réveilla sous le charme luisant des rayons de soleil flavescent qui embrassaient la mer. Les rideaux lactés des grandes fenêtres de la chambre d'hôtel, laissaient percevoir une toile enchanteresse de l'horizon marin, qui dansait au loin avec les vagues enivrées, émoussées. Elle sortit sur le balcon, le visage à nu d'émotion. Soudain, sentit sous ses bras dévoilés, la brise faquine et frisquette la ceindre en murmure de soupir. Elle ferma les yeux en s'invitant à la valse de cajolerie. Andia avait souvent rêvé de ces instants ineffables. Se réveiller et faire corps à l'aurore coruscante. Communier avec la mer, le soleil et la brise charroyant.

L'air était virginal et portait sur le balcon les effluences de la rive dépeuplée. Andia haleta longuement et frissonna. Le téléphone sonna, précipitamment, elle répondit, pensant à un appel de son amie Mendia. C'était, le room- service, qui lui faisait monter à sa chambre son petit- déjeuner. Elle esquissa un grand sourire, mit un kimono de chambre et alla prestement se refaire une beauté. Quelques minutes plus tard, elle entendit sonner à sa porte. Elle accueillit aimablement le serveur de chambre qui lui présenta le petit déjeuner continental de l'hôtel. Ravie, Andia lui remit un peu penaude un pourboire et le remercia d'une voix fébrile, chaleureusement.

La journée se dessinait en note d'alacrité. Le départ de Mendia pointait à l'horizon. Andia, depuis le balcon de sa chambre, profitait de ses derniers instants dans cet hôtel plein de charme. Elle se rendit après, dans le salon de thé du hall où elles s'étaient données rendez-vous. Mendia, arriva un quart d'heure plus tard et rejoignit Andia. Elle présenta à Andia, le directeur marketing de l'hôtel, puis d'un clin d'œil, s'excusa auprès d'elle, et se déplaça un court moment...
Andia se laissait happer de nouveau par la grandeur et le charme délicat de cet hôtel. Elle appréciait une fois encore, ces lustres magistraux et les décors fastes des salons et salles de réceptions. En se levant, soudain, elle aperçut la silhouette de son ex- mari, Afane. Il était accompagné d'une jeune fille aux allures d'adolescente. Elle le suivit du regard, pleine de curiosité. Il héla le serveur, régla sa note en espèce et se leva en invitant la jeune fille à le suivre. Ils s'avancèrent d'une allure preste et leste vers la réception de l'hôtel. Afane se présenta au réceptionniste qui lui remit aussitôt une clé de chambre. Ils se dirigèrent ensuite vers l'ascenseur du hall. En se retournant dans l'ascenseur, il croisa du regard Andia confuse, qui détourna ses yeux promptement. Offusquée, elle s'écria :

-Mon Dieu ! Cet homme est immonde ! Il ne cessera jamais ces ignominies. Et dire que je l'ai aimé. Je me sens salie par toutes ces années de mensonges et de trahisons.

Andia s'en voulait pleinement d'avoir été la femme de cet homme volage et malveillant. Elle repensait à sa vie passée. A ces années dissipées, ces promesses d'amour, sans lune de lapalissade. Elle ressentait désormais à son égard un profond écœurement.
Mendia avait suivi toute la scène et mit fin à son échange avec son interlocuteur. Elle s'approcha d'Andia.

-Qui est cet homme que tu suivais du regard et qui t'a laissée en trouble, ma chère amie ?
-C'est mon ex- mari, Afane. Le père de mon fils.
-Je vois, c'est donc lui ! Viens dans mes bras et respire un bon coup. Je sais combien, cette relation a été néfaste pour toi. Combien tu as souffert. Et que tu en souffres encore. Comme le témoigne ton émoi. Pour avancer, il faut oublier et laisser derrière, ton passé. Pour te reconstruire et enfouir les cendres de tes blessures et de ton amertume. Arme- toi de fermeté et de dessein, pour ériger les marches qui mènent au bonheur. Donne- toi la volonté d'y croire et surtout ouvre ton cœur à ta relation naissante. A ce propos, as-tu eu des nouvelles de ton amoureux ?
-Non, toujours pas ! Et, cela me rend triste et anxieuse.

-Je comprends ! Je serai à Paris, deux jours après mon arrivée en Suisse. Si tu demeures toujours sans nouvelle de lui, je peux essayer de le joindre de ta part une fois à Paris.
-Je te remercie Mendia, c'est très aimable de ta part. Je reste pour l'heure encore patiente. Il donnera de ses nouvelles bientôt.
-Ah, j'ai omis de te le demander !
-Quoi donc ?
-J'en ai discuté avec mon père et certains de mes collaborateurs, je souhaiterais que tu sois ma collaboratrice. Tu auras la charge de notre succursale de Libreville, donc au poste de responsable d'agence. S'agissant de ton solde, tu seras payée le triple de ton salaire actuel d'enseignant. En sus, tu auras bien des droits, des primes et un treizième mois. Réfléchis-y.
Je sais combien tu aimes ton métier et l'amour que tu as pour la pédagogie. Mais, si je te fais cette offre, c'est parce que, je crois en toi, en tes valeurs et surtout en tes aptitudes. Je veux quelqu'un de confiance et j'ai pensé à toi. Je te propose de réfléchir à l'offre et de m'informer de ta décision dans les jours prochains. Qu'en dis-tu ?
-Tu me laisses sans voix, c'est une proposition très intéressante et merci pour la probité que tu vois en moi. J'en suis honorée. Je te fais la promesse d'y réfléchir et de revenir vers toi, le plus tôt possible. Merci Mendia, ça me touche énormément. Tu es vraiment la meilleure des amies. Merci du fond du cœur.

Elles sourirent et s'embrassèrent jovialement comme pour sceller à jamais leur belle amitié pleine de sincérité. Après ces émois partagés et témoignés, Mendia vérifia une dernière fois ses bagages avec le groom, puis prit le chemin de l'aéroport accompagnée d'Andia. Le soleil chatoyait de son plus bel éclat. Le chemin qui conduisait à l'aéroport, bordait la mer et les cocotiers immenses. Mendia scrutait toute nostalgique la beauté de ces plages qui lui rappelaient tant de souvenirs d'enfance. Une enfance heureuse auprès de sa famille. Elle aimait fièrement ce pays si cher à son cœur.

-Tu sais Andia, mon cœur est à chaque fois chagrin et nostalgique quand, je quitte mon pays. J'ai toujours ce pressentiment de le quitter pour un non- retour. La vie, me dit souvent mon père, est courte et imprévisible. Chaque instant de vie est une fortune à jouir et à partager. « Il y a des larmes qui ne cessent jamais de couler, des vides qui ne se comblent pas, des souvenirs que rien n'efface et des personnes qu'on ne remplace jamais. Les sourires reviennent, mais uniquement pour masquer la peine ». Ma mère gentiment me disait souvent : « Souris à celui qui pleure, ignore celui qui te calomnie et sois heureux avec ceux qui sont chers à ton cœur ». C'est tellement vrai ! La vie est tellement simple qu'on passe souvent à côté de l'essentiel.

Andia émue, approuvait chaque mot énoncé par Mendia. Ces paroles étaient pleines de profondeur d'âme et de convenances. Elle la réconforta et lui sourit affectueusement.

-Tiens Mendia ! J'ai pensé à t'offrir avant ton départ ces deux ouvrages qui m'ont fait grand bien. Je les gardais toujours à mon chevet et j'espère qu'ils t'apporteront comme à moi, force, fermeté, espoir et sérénité. Le premier ouvrage est d'un auteur que j'ai connu, il a été mon professeur de théâtre avant que nous soyons dans le même établissement scolaire. Ferdinand Allogho Oké, l'ouvrage s'intitule : « Biboubouah », une œuvre captivante, riche en anecdotes ancrées dans nos coutumes et folklores. Et le second ouvrage est de Justine Mintsa, titré : « Histoire d'Awu ». Je ne t'en dis pas plus, je te laisse le plaisir de parcourir ses œuvres pleines d'enseignements.
-Merci infiniment Andia, cela me touche profondément. Je suis très émue, car, j'adore lire et tu m'offres un cadeau avec une grande valeur sentimentale. Il n'y a pas de prix pour ça. Je t'en remercie. Ne change jamais, il est difficile aujourd'hui de trouver des personnes probes comme toi. Tu es vraie et tu es toi. Tu ne triches pas, tu n'es pas dans l'apparence, je te le dis en toute sincérité, tu es une perle rarissime.

« J'ignore jusqu'où s'étend l'horizon derrière lequel se cache la courbe de ma destinée. »

Nelly N. EBANG

Midi sonna à l'horloge des départs. Sur le tarmac de l'aéroport, les voyageurs obligeants s'accommodaient. Mendia en tête de fil, se retourna, chercha du regard son amie Andia, qui, debout près de la baie vitrée du salon de thé, la saluait une dernière fois chagrine. Embarquèrent peu après, les passagers à la demande d'une hôtesse de l'air. Mendia disparaissait progressivement le visage en brume de larmes. Puis, Andia vit sous l'éclat aveuglant du soleil, l'avion se hisser dans les airs et disparaître dans le ciel azuré. Elle resta un long moment immobile, pensive. S'avança près du bar et commanda un thé noir. Elle renoua très vite à ses habitudes. Assise, elle parcourait un vieux journal abandonné sur une chaise voisine, tout en repensant à la soirée de la veille à l'hôtel. La compagnie de Mendia lui avait procuré un grand plaisir. Elle n'avait jamais eu l'occasion de passer de merveilleux moments avec une de ses amies. Il en faut peu pour être heureux, se dit- elle en pensées. « Ces petits instants de gaietés partagés et inoubliables apaisent nos émois ». Elle eut une légère vague d'amertume qui submergea son esprit songeur. Un sentiment de solitude l'emplit de nouveau. Elle voulut à ce moment avoir des nouvelles de son fils. Elle ressentait comme une sensation fortuite d'étrangéité, de renonciation, accompagnée de forte douleur dans la poitrine. Puis, son téléphone sonna, elle vit un numéro inconnu et décrocha...

-Allo ! Allo !

Elle entendit une voix de femme à l'autre bout du fil.

-Andia ! Andia...
-Bonjour ! Qui est-ce, s'il vous plait ?

Il eut un silence comme un souffle réticent. Puis, cette même voix troublante...

-Andia... J'ai été kidnappée, torturée et violée. Ils m'ont arraché le clitoris et coupé l'arrière de mes cheveux. Je saigne abondamment...
-Veuve Osselé ! Mais, où êtes- vous ? Et qui vous a kidnappé et torturé ? Je préviens le commissariat le plus proche, donnez- moi des indications du lieu où vous avez été conduite.
-Je ne pense pas survivre à ces sévices. Je te demande pardon pour tout. La vérité c'est que j'ai été moi-même complice du meurtre de mes filles. Afane disait que ce sacrifice allait sceller notre amour et notre alliance à jamais. J'aurais été l'unique femme de sa vie, l'épouse parfaite qu'il recherchait et la mère bienheureuse de sa progéniture. J'ai pris le soin de garder certains enregistrements de plusieurs de ces crimes rituels commis avec ses complices. Mais, crois- moi, la vérité peut parfois être une eau très désagréable à boire. Me sachant menacée, j'ai sollicité une proche à moi, qui te contactera dans la journée et te

remettra toutes ces preuves y compris celles qui le rend coupable de l'assassinat de mon époux. L'amour passionnel peut parfois nous pousser à l'improbable. Et quand le voile se lève, il est trop tard pour se rendre compte du mal que l'on a causé et que l'on s'est fait à soi-même. Je saigne abondamment. Je n'ai plus pour longtemps. Je te demande pardon pour tout. Ils vont s'en prendre à ton fils, il est trop tard, car son sort est déjà scellé. Prie et fuis très loin...
-Allo ! Allo ! Veuve Osselé où êtes-vous ?

Sur ces derniers conseils qui sonnaient plus qu'une supplication, Andia médusée et à la fois effarée, perdit pendant un bref instant, la notion du temps. Elle fut transportée comme par enchantement au village d'Opweng et vit son fils très malade, efflanqué et enveloppé dans des mousses d'écorce d'arbres en pleine sylve. Elle eut très peur car tout était soudain Pour elle. Ces visions réalistes et passagères devenaient plus régulières et tant apparentes. Il expectorait du sang que la mère d'Andia recueillait dans une petite calebasse. Puis, lorsque son regard croisa celle de sa mère, elle reprit conscience. Abasourdie par cette vision temporaire, elle quitta précipitamment l'aéroport, héla un taxi et regagna le domicile familial. Tout au long du chemin, Andia, le regard inhabité et la mine anxieuse, ressassait dans sa tête, ce qu'elle venait de vivre comme désarroi. Elle était perdue, retranchée dans ce questionnement infini et

décontenancé. Elle ferma ses yeux instinctivement, comme pour ourdir ses pensées et dans un silence religieux elle pria.
Le soleil du jour frémissait à la vue de l'orage qui s'annonçait en brise frisquette. La ville en fin d'après- midi était assourdissante. Il y avait des bouchons et des altercations dans tous les boulevards ou avenues principales. Le bruit de klaxons vrombissants des vieux bus de transports communs, agaçait certains conducteurs qui cherchaient à se frayer un chemin vers les venelles bosselées. C'était le cantique quotidien dans cette routine citadine qui ne déplaisait pas aux marchands mobiles habiles sans effroi qui se faufilaient entre les voitures en halte.

« Tu n'ignores pas que le prix d'un enfant est inestimable. Tu devras payer toute ta vie. »

Annie Charnet MPENGA

L'orage et la nuit convolaient en justes noces. Au dehors, l'ondée hargneuse épandait peines et amertumes. Les rires joyeux des moutards indociles qui se baignaient corps nus sous les toitures en pente, tintaient au soir comme des carillons à vent, loin des tintamarres continus des bistrots clandestins. Andia avait grandi dans cette cité perdue de Baraka, dont le nom rappelait tristement les baraques à esclaves. La rue « Anyentyuwe » était devenue le jalon des gangsters. Et à la nuit tombée, personne n'osait s'y aventurer. Mais, Andia ne craignait pas ces bandits qu'elle avait vu grandir pour la plupart. Ce soir-là, assise à sa terrasse, elle répétait dans sa tête les dernières paroles prononcées par la veuve Osselé. Elle sondait sa mémoire et se demandait comment son ex- époux Afane avait pu basculer dans le monde du crime. Elle n'en revenait pas d'avoir été mariée à ce malfaiteur et violeur, toutes ces années, sans s'en apercevoir. Elle l'abominait, et sanglotait. Mais, les larmes de son désarroi ne pouvaient pas effacer les années vécues et partagées. Désemparée et tourmentée, seule face à l'orage des misères bercées, elle avouait en confession silencieuse ses doutes et regrets qui avaient été ses plus proches compagnons tout au long de sa relation maritale.
Son téléphone sonna et l'ôta de cette torpeur. Elle décrocha et répondit d'une voix placide...

-Allo ! Qui est-ce ?
-Bonjour ! C'est vous Andia ?
-Qui la demande ?
-J'ai des documents à vous remettre de la part d'une connaissance. Elle m'a recommandé de vous les transmettre. Est-ce bien vous Andia ?
-Oui, j'ai été informée de votre appel, en effet.
Avez- vous eu de ses nouvelles ces dernières heures ? Car, je demeure inquiet depuis notre dernière conversation.
-Retrouvez- moi, au 15 rue Octobre noir à 20h11, précisément. Je ne peux rien vous dire de plus par téléphone.
-Très bien ! Je serai à l'heure.

Andia souhaitait rassasier sa curiosité et faire la lumière sur l'implication de son ex- époux Afane, sur ses crimes rituels et sur ses autres malversations inexplorées. Elle repensait aux derniers mots prononcés par la veuve Osselé : « Ils vont s'en prendre à ton fils, il est trop tard, car son sort est déjà scellé. Prie et fuis très loin… ». Andia ne cachait pas la peur qui l'habitait. Elle ne supportait pas l'idée de savoir son fils en danger. Et pour ça, elle était prête à le protéger par tous les sacrifices et moyens éventuels. Elle ne perdit pas une minute de plus. Malgré la giboulée, elle prit un parapluie, ses clés en main, bondit dans son véhicule couleur chair obscure et démarra au quart de tour sous la lueur des réverbères céruléens.

L'orage s'ahanait et la brume s'amenuisait au fil de la nuit. Les routes presque désertes s'éveillaient aux vrombissements des voitures noctambules. Andia patientait sur le trottoir en face du 15 rue octobre noir. Il était 20h11. Son téléphone sonna...

-Allo !
-Traversez et entrez dans le bar. Demandez au barman un verre de menthe à l'eau avec de la glace pilée. Buvez la moitié du verre et demandez l'addition en ayant l'air préoccupé. Payez et sortez sans vous retournez. Puis, remontez dans votre voiture et démarrez...
-Mais, et les documents, comment et avec qui je les récupère ?
-Suivez simplement mes instructions, je vous recontacterai quand vous serez de retour dans votre voiture. N'oubliez pas, restez naturelle et ayez commodément l'air empressé.

Andia s'exécuta sans duplicités. Elle suivit à la lettre les directives données par l'étrange personnage qu'elle redoutait un peu. Elle prit son courage et entra dans le bar. Il y avait une ambiance à la fois cacophonique et paisible. Andia scrutait les visages et les postures des gens qui lui paraissaient insolites. D'un pas résolu, elle s'avança vers le bar et commanda comme suggéré un verre

de menthe à l'eau. Le barman lui proposa à la place un cocktail sans alcool, limonade et menthe. Andia resta un moment perplexe et accepta l'offre. Elle sortit du bar peu après, et remarqua qu'une personne marchait sur ses pas subtilement. Inquiétée, elle se précipita dans sa voiture et démarra avec effroi. La voiture s'élançait dans la nuit au frimas luminescent. Andia toujours apeurée, n'arrivait pas à décrocher son regard du rétroviseur intérieur. Elle tremblotait mais restait sereine au volant. Puis, sursauta au son de son téléphone, posé sur le siège avant. Elle décrocha avec empressement.
-Oui, allo !
-Rassurez- vous, plus personne ne vous suit. Vous pouvez conduire sereinement, soyez désormais sans crainte. Mais, restez tout de même précautionneuse. Sous votre siège se trouvent tous les documents et toutes les preuves incriminant sieur Afane. La veuve Osselé avait continué à mener les enquêtes entamées par son défunt époux. Avec l'appui et l'assiste de certains de ses amis et collègues de la police judiciaire. J'ai toujours été un ami très proche et je suis ancien chef du service de renseignement. Vous aurez besoin de mes services pour les jours à venir, si vous aspirez à traduire en justice ces criminels rituels et larrons. Prenez le temps de parcourir tous ces documents méticuleusement avec habileté. Certaines informations sont fondamentales. Je vous recontacterai sous trois jours ouvrés. Gardez

soigneusement ces documents, c'est le fruit des années de travail obstiné et surtout d'enquêtes menées avec détermination.

Andia s'empressa de fouiller comme indiqué, les preuves et les documents tant recherchés sur les malversations financières et les crimes perpétrés par son ex- époux Afane et ses acolytes criminels rituels. Elle scruta avec la plus grande habileté et délicatesse les notes et les photographies annexées à chaque partie des différentes enquêtes menées. Après une lecture escamotée tout en conduisant, elle rangea discrètement les documents sous son siège. Puis, soudainement, elle vit devant elle, un véhicule qui roulait à contre sens et fonçait vers elle. Effarouchée et déconcertée, Andia perdit le contrôle de son véhicule et alla heurter violemment la palissade d'une bâtisse abandonnée et délabrée. Sous la nuit humide et froide, les riverains alertés par le bruit et la collision fortuite, se précipitèrent sur les lieux et s'amassèrent en spectateurs curieux et insoucieux. Andia le visage ensanglanté et presque inconsciente cherchait du regard la grande enveloppe où elle avait soigneusement rangé les documents. A ce moment, sonna son téléphone. Elle décrocha faiblement, et au bout du fil, une voix familière s'entendit.

-Allo ! Andia ! Es-tu là ? C'est Moi ! Mbeng.
-Mbeng ! Mon Dieu, Comme c'est apaisant d'entendre ta voix...
-Allo ! Andia ! Andia, chérie ! Tu m'entends ? Je viens d'atterrir à l'aéroport international Léon Mba. Je suis à Libreville. Allo ! Andia !

Elle fut prise d'éblouissements, le téléphone tomba de sa main et au milieu de toute cette agitation, elle crut voir le visage de son père sous la lueur ombreuse des lanternes vieillies disposées le long de l'artère.

-Papa ! Est-ce toi ? Comment est-ce possible ? Est-ce une hallucination ?

Andia, vit une grande lumière pareille à un halo opalescent, l'aveugler. Elle aperçut dans ce trouble émotionnel, une gazelle blanche étincelante qui portait la marque du génie protecteur du village d'Opweng. Puis, elle entendit une voix inaudible et lénitive, venue d'outre-tombe.

«Princesse héritière ! Reçois l'auréole de vie»

Le nimbe se posa au-dessus de sa tête et l'enveloppa telle une affusion rutilante.
La foule spectatrice happée par les rais lumineux s'exclama sur cette étrangéité. Et dans le lointain, les sirènes des premiers secours s'annonçaient en assourdissant pin-pon. Il eut subitement un grand coup de

tonnerre qui effraya et dissémina la foule indocile.
Et, comme par enchantement, Andia se volatilisa. Il ne restait qu'une légère brume épaisse où avait eut lieu l'accident. Et les riverains présents, médusés, s'interrogeaient sur cet étrange phénomène mystérieux.

Demeurer...
Exister, c'est s'inscrire dans l'ère, dans le temps. C'est parcourir sans jamais pouvoir s'arrêter ni revenir au passé, le chemin qui mène chacun de la naissance à la mort. Rien ne saurait parfaire le cours du temps et c'est à la fois la beauté et l'intérêt mais aussi, le drame et le tragique de la vie. Vers quelle quête existentielle se tourner et s'escompter ? Andia voulait éloigner de sa vie les spectres de son passé pour pouvoir cheminer vers sa destinée. Mais, en ressassant sans cesse les souvenirs de ses échecs, de ses mésaventures de même, ses déceptions et ses épreuves, elle restait enchainée, par son ressentiment au passé...

© 2023, Jannys Kombila
Édition : BoD – Books on Demand, info@bod.fr

Impression : BoD – Books on Demand, In de Tarpen 42, Norderstedt (Allemagne)

Impression à la demande
ISBN : 978-2-3221-3213-3
Dépôt légal : Juillet 2023